THE
LIVING
MOUNTAIN

THE LIVING MOUNTAIN

살아 있는 산

경이의 존재를 감각하는 끝없는 여정

낸 셰퍼드 산문집

로버트 맥팔레인 해설 · 신소희 옮김

위즈덤하우스

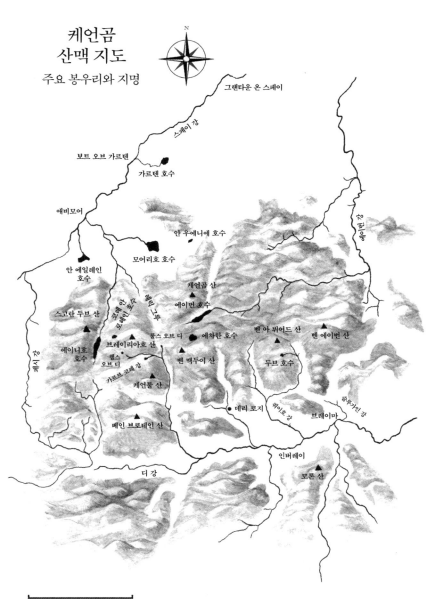

케언곰
산맥 지도

주요 봉우리와 지명

그랜타운 온 스페이

스페이 강

보트 오브 가르텐

가르텐 호수

애비모어

안 우에니에 호수

모어리흐 호수

안 에일레인
호수

케언곰 산

에이번 호수

스고란 두브 산

브레이리아흐 산

풀스 오브 디

에차한 호수

벤 아 뷔어드 산

벤 에이번 산

에이니흐
호수

폴스
오브 디

벤 맥두이 산

두브 호수

거브 코레 강

케언틀 산

메리 로지

베인 브로데인 산

브레이마

인버레이

디 강

모론 산

10 Kilometres / 6.2 Miles

차례

머리말

산에서 30년이란 눈 한 번 깜빡할 시간에 지나지 않는다. 그러나 이 책을 집필하고 나서 30년 동안 케언곰 산맥에 서는 많은 일들이 일어났다. 그중에는 신문과 텔레비전에 나올 만큼 놀라운 사건들도 있었다.

애비모어가 분출하고 이후로도 계속 분출한다.

산속으로 불도저들이 돌진해온다.

길이라곤 없었던 곳에 도로가 만들어지고 또다시 만들어 진다.

스키 타는 사람들이 나타난다. 날렵하고 의기양양하고 능 숙하게 움직이며, 우아하고 정밀한 기교를 뽐낸다. 급강

하했다가 솟구치고 때로 넘어지기도 하지만 모두가 유쾌하다.

의자 리프트가 덜컹대며 오르내린다(한 남자아이가 리프트에서 떨어져 사망한다).

고지의 레스토랑이 사람들로 붐빈다. 산꼭대기와 레스토랑 사이로 펼쳐진 케언곰 산맥은 추레해 보인다. 히스 덤불이 사람들의 부츠 아래 너저분하게 짓밟힌다(너무 많은 사람이 드나들고 주변이 너무 번잡해졌지만 그만큼 많은 사람들이 흥겨워 한다). 등산가를 위한 새로운 대피소들이 생겨난다. 인버레이의 뮤어 오두막도 넓은 대피소로 개조된다. 등산가들이 직접 바닥을 깔고 침대를 조립했다.

글렌모어에서는 등산에 나설 준비가 된 사람들을 받아들여 가르친다. 그들은 기술을 익히고 시험을 치른다. 젊은 병사들이 모험의 요령을 배운다. 전국 각지에서 참가자가 찾아온다(그러나 레릭 그루 고개는 아직도 정식 국도에 편입되지 않았다).

순록은 더 이상 시험적 외래종이 아니라 토착종으로 자리 잡았다.

네이처 컨저번시(미국생태학회에서 출발한 국제 비영리 환경보호단체—옮긴이)가 새와 짐승과 식물에 안전한 은신처를 제공

하지만, 방랑자들의 출입은 금지한다(떳떳이 말하지만 나 역시 한때는 방랑자로서 여기저기를 돌아다녔다).

생태학자들은 생육 양상과 침식 문제를 조사하고 헐벗은 산비탈에 다시 씨를 뿌린다.

산악 구조대가 멋지게 활약한다. 부상자를 절벽에서 구출해 헬리콥터로 이송하고, 탈진한 사람의 위치를 파악해 안전한 곳으로 옮긴다.

하지만 끝까지 구조되지 못한 사람들도 있다. 한 여자와 한 남자가 몇 달이 지나서야 등산로를 한참 벗어난 곳에서 발견된다. 여자의 양손과 무릎은 눈 더미를 헤치며 기어가느라 너덜너덜하게 닳아버렸다. 건강하고 열성적이며 행복했던 그의 생전 얼굴이 아직도 눈에 선하다(그는 내가 가르치던 학생이었다). 늙을 때까지 오래오래 살았어야 할 사람이었는데.

홀로 나갔다가 돌아오지 못한 스키어를 찾기 위해 수색대 70명과 구조견에 헬리콥터까지 동원되지만, 조난자는 결국 시체로 발견된다. 뒤처지는 바람에 그날 밤 묵기로 한 오두막에 도착하지 못한 학생들도 있다. 그들은 눈 장벽 뒤에서 추위를 피하려 했지만, 교사의 헌신적인 노력에도 불구하고 교사 본인과 남자아이 하나만이 밤을 넘겨 살아남을 수 있었다.

이 모든 것은 인간과 관련된 문제다. 하지만 그 뒤에는 산 자체가, 산이라는 실체의 힘과 구조와 기후가 있다. 인간이 산에서 혹은 산에 대해 하는 모든 행동은 결국 산이 거기 있기 때문에 생겨난다. 산이 거기 없다면 인간은 그렇게 행동하지 않을 것이다. 다시 말해 30년이라는 시간이 인간의 행동을 변화시켰을지는 몰라도, 인간이 살아남으려면 여전히 산 자체를 알아야 한다. 30년 전 내가 이 책을 쓴 것도 바로 그런 목적에서였다. 제2차 세계대전이 끝나갈 무렵 시작하여 전쟁 직후에 완성된 이 원고는 불안하고 혼란스러운 세상에서 나만의 비밀스러운 안식처였다. 당시에 이 원고를 읽은 유일한 사람이었던 닐 건Neil Gunn은 긍정적인 반응을 보였다. 충분히 그럴 만하다. 우리는 내가 이 책에서 묘사하려고 노력한 경험들을 통해 의기투합한 사이였으니까. 그는 출간과 관련해 몇 가지 조언을 해주었지만 현재 상황에서는 출판사를 찾기 어려울 것이라고 덧붙였다. 나는 그의 권유대로 편지 한 통을 보냈지만 정중하고도 부정적인 답장을 받았고, 이후로 원고를 서랍에 넣어둔 채 방치해왔다. 그러다 이제는 노인이 되어 소유물을 정리하기 시작하면서 원고를 다시 읽어 보았고, 산과의 교감 이야기가 당시와 마찬가지로 오늘날에도 유효하다는 점을 깨달았다. 그것은 분명히 사랑의 교류였으나, 때로는 사랑을 열성적으로 추구함으로써 깨달음에 이를 수도 있기 때문이다.

낸 셰퍼드, 1977년 8월

고원

고원의 여름은 꿀처럼 달콤할 수 있지만, 엄청난 재난이 될 수도 있다. 양쪽 다 고원의 본질인 만큼 이곳을 사랑하는 사람들이라면 어느 쪽이든 마음에 들 것이다. 그리고 삶의 여정에서 얻은 지식을 동원해 고원의 본질을 이해하는 것이야말로 내가 이곳에서 추구하는 목적이다. 이런 과업은 쉽지 않고 단시간에 성취할 수도 없다. 조급한 우리 시대에는 너무 느린 이야기이며, 지금 당장 절실한 문제들에 비하면 그렇게 중요한 일도 아니다. 그럼에도 고원을 이해하는 일에는 독특하고 흔치 않은 가치가 있는데, 무엇보다도 산에 관한 진부한 선입견을 고칠 수 있다는 것이다. 그 누구도 산을, 그리고 산과 자신의 관계를 완전히 알 수는 없다. 나에게 케언곰은 아무리 자주 거닐어도 항상 경이로운 장소다. 이 산맥에 익숙해진다는 것은 불가능하다.

케언곰 산맥은 편암과 편마암이 이룬 낮은 구릉지 위로 솟아난 화강암 덩어리가 만년설에 침식되고 서리와 빙하와 물줄기에 쪼개지고 부서지고 깎여 만들어졌다. 수백 평방 마일 이상의 방대한 면적, 수많은 호수, 4천 피트가 넘는 고도 등의 지형적 특징으로 지리학 책에서도 종종 언급된다. 하지만 지형이란 산의 희미한 복제일 뿐이며, 그 실체는 인간에게 궁극적으로 중요한 모든 실체와 마찬가지로 우리의 마음속에 존재한다.

케언곰 산맥의 진정한 정상은 고원이다. 이 산맥은 하나의 산으로 보아야 하며, 벤 맥두이나 브레이리아흐를 비롯한 각각의 봉우리들은 골짜기와 아찔한 내리막으로 분리되긴 했어도 고원 표면의 소용돌이에 지나지 않는다. 인간은 장엄한 봉우리를 올려다보는 것이 아니라 봉우리 위에서 장엄한 협곡을 내려다보게 된다. 고원 자체는 장관이라고 할 수 없다. 황량하고 바위투성이에다 벤 네비스 산꼭대기를 제외하면 주변에서 가장 높기 때문에(더 높은 곳을 찾으려면 노르웨이까지 가야 한다) 엄청난 강풍에 시달리는 땅이다. 1년의 절반은 눈으로 뒤덮여 있는 데다 때로는 한 달 넘게 구름에 가려지기도 한다. 이끼와 지의류와 사초가 자라며 6월에는 북극이끼장구채 군락이 선명한 분홍빛 꽃을 피운다. 물떼새와 뇌조가 둥지를 틀고 바위 사이로 샘물이 솟아난다. 고도는 유럽식 측량으로 4천 피트에 그치지만 영국에서는 이 정도도 상당한 높이다. 바람이 이리저리 제멋대로 부는 만큼 시야도 훤히 트여 있고, 대륙의 영향을 받지 않는 섬 날씨라 빛과 어둠 사이의 명암 단계만큼 다채로운 면모를 볼 수 있다.

스코틀랜드의 빛에는 내가 다른 곳에서 보지 못한 특별함이 있다. 이곳의 빛은 환하지만 눈부시지 않으며, 강렬하고도 은은하게 엄청난 거리를 관통한다. 그래서 맑은 날에는 케이스네스 주의 모벤 산에서 람메르뮈어 언덕까지, 심지어 벤 네비스 산을 지나 모라르까지도 쉽게 내다볼 수 있다. 한여름이면 그보다 더 멀리 내다보는 건 불가능하다고 나 자신을 설득해야 했다. 나는 지도에 실린 그어떤 산보다도 더 멀리 있는 푸르고 작은 형체를 뚜렷이 보았다고 맹세할 수도 있다. 하지만 지도에는 그런 곳이 없었고 내 동료들도 그럴 리 없다고 말했으며, 나 역시 다시는 그곳을 보지 못했다. 그렇게 맑은 날에는 산이 사람을 홀리곤 한다. 아마도 먼 옛날에 사라진 아틀란티스 대륙이 한순간 눈앞에 나타났던 것이리라.

고원 *끄트머리*에서 맑은 물줄기가 떨어져 내린다. 실제로 에이번 강은 투명함 그 자체라고 할 만하다. 깊은 물속을 들여다보노라면 찌르레기의 노랫소리를 들은 옛이야기 속 수도사처럼 시간 감각을 완전히 잃게 된다.

에이번 강물은 맑고도 맑아
백 년 세월을 잊게 하는구나.

강물은 새하얗고 형용하기 어려울 만큼 맑다. 4월의 폭우가 그친 뒤 햇살에 비친 헐벗은 자작나무처럼 눈부시기도 하다(하지만 이런 비유는 과하게 느껴진다). 이 강물의 흰 빛깔은 소박하여 원초적 투명성을 보여준다. 완전한 원이나 완전한 침묵이 드물듯 강물의 자연적 본질도 완전하게 발현되는 일은 드물기 때문에, 그런 사례를 발견하면 감탄할 수밖에 없다.

가르브 코레 강에서 갈라져 나와 레릭 풀스에 합류하는 디 강의 상류 또한 놀랍도록 투명하다. 이렇게 맑은 물은 머리로 상상하기가 불가능하니 반드시 눈으로 봐야 한다.

몇 번이고 돌아가서 다시 보아야 제대로 볼 수 있다. 너무도 투명해서 금세 기억에서 사라져버리니까. 그래서 이곳의 매력적인 자연은—강줄기가 시작되는 고원, 강물 자체, 폭포와 암반, 코리(corrie, 산 사이의 빈 공간이나 산비탈이 움푹 팬 곳—옮긴이)— 마치 예술 작품처럼 몇 번을 되돌아와도 항상 새롭게 느껴진다. 인간의 정신은 고원이 줄 수 있는 모든 것을 담아낼 수 없으며, 고원에서 본 것들이 전부 실재한다고 믿지도 못한다.

그리하여 인간은 다시 강의 발원지로 올라간다. 디와 에이번, 데리, 베이니, 알트 드루이 강이 태어난다. 이 순수하고 무시무시한 물줄기들이 케언곰 고원의 비, 구름, 눈을 만들어낸다. 화강암에서 솟아난 물은 보호막이라고는 없는 고원에서 잠시 햇볕을 쬐다가 대기를 거쳐 골짜기로 떨어지거나, 눈이 이루는 소용돌이 아래로 요란하게 흘러 빠져나간다. 혹은 꽁꽁 얼어 암벽에 달라붙기도 한다. 강을 알려면 그 발원지를 직접 보아야 한다. 하지만 발원지로의 여정은 가볍게 나설 수 있는 길이 아니다. 통제할 수 없는 자연력 한가운데를 걸어가야 한다. 바람이나 눈처럼 예측할 수 없는 자연의 힘과 접촉하면서 인간의 내면도 깨어난다.

이런 말만 들으면 케언곰 산맥의 고원에 오르기가 어렵다고 생각할 것 같다. 하지만 그렇지 않다. 공기가 맑고 낮이 기나긴 스코틀랜드 북부의 여름날에는 웬만큼 걸을 수 있는 사람이라면 정상 하나쯤은 어렵지 않게 올라갈 수 있다. 체력이 넘치는 등산객은 두세 곳도 가능할 테고 등산 고수라면 열네 시간 안에 여섯 곳 모두를 정복할 수 있다. 이런 경쟁은 재미는 있겠지만 무의미하다. 등산가라면 누구나 산을 대결 상대로 삼아야 한다. 단순히 다른 등산가를 상대로 경주한다면 하나의 본질적 경험을 놀이로 격하시키는 셈이다. 하지만 젊은이들에게는 이 얼마나 매력적인 경주로인가! 과감히 도전할 만큼 산을 잘 알고 자신의 몸을 잘 안다는 것이야말로 이들의 진정한 성취다.

암벽을 올라가는 새로운 경로 개척은 또 다른 문제다. 케언곰 산맥을 이루는 화강암은 미끄럽게 직각으로 풍화되는 만큼 암벽 등반에 최적의 환경은 아니다. 그러나 등산가들에게 코리의 장엄한 풍경은 그냥 지나칠 수 없을 만큼 매력적이다. 여행 안내서와 케언곰 클럽 회지에 따르면 19세기 말부터 등반 기록과 날짜가 남아 있지만, 내 생각에는 그보다 앞서 시도한 젊은이들도 있었을 것이다. 150여 년 전 양치기 개와 함께 브레이리아흐의 한 암벽에서 얼어 죽은 채로 발견된 목동에 관한 기록이 있다. 목동 자신도 눈보라 속에서 암벽을 탐사했지만 시체를 수습한 사람들 또한 놀라운 위업을 남긴 셈이다. 그뿐만 아니라 강인한 현지인들 중에도 암벽 등반을 예사롭게 여긴 혈기 왕성한 청년들이 있었을 것이다. 조지 스킨 키스George Skene Keith 박사는 1810년에 디 폭포를 기어올랐다고《애버딘셔 개관》*General View of Aberdeenshire*에 기록했다. 맥길리브레McGillivray 교수는 그가 학생이었던 1819년, 애버딘 대학교에서 케언곰 산맥을 가로질러 서쪽의 집까지 걸어간 경험을《브레이마 자연사》*Natural History of Braemar*에 남겼다. 교수는 브레이리아흐의 벼랑 아래 코리에 누워 잠들었다가 다음 날 아침 일어나자마자 벼랑을 올라갔다고 한다. 게다가 훗날 고원에 돌아와 식생을 조사했을 때도 사슴처럼 가볍게 바위산을 오르락내리락한 듯하다. 하지만 이런 코리 중에는 발 빠르고 침착한 등산가라면 손쉽게 오르내릴 만한 곳들이 있으며, 초기의 탐험가들도 분명히 그런 경로로 오갔을 것이다. 이후의 등산가들은 로프 없이는 오르내릴 수 없을 경로를 찾는 데 열중해 있다. 이곳의 벼랑들 중에는 지금까지도 인간이 발을 딛지 못한 곳들이 많다. 내 젊은 친구 하나는 최근 브레이리아흐의 가르브 코

레 강에서 지금까지 등반된 적 없는 암벽을 넘어가는 경
로를 개척했다. 내가 아는 등산가 중에서도 손꼽히게 영
리한 그에게(그는 철도 종착역에서 "제 몸만 한 짐을 짊어진 눈빛이
아련한 흑인 청년"으로 알려져 있다) 단순한 기록 갱신은 중요하
지 않다. 그에게 중요한 것은 온 힘을 쏟아 열중하고 자기
자신마저 잊을 수 있는 과업이다.

물론 기록을 갱신하려는 사람들이 산을 좋아하지 않는
다고 생각하면 오산이다. 산을 사랑하지 않는 사람은 애
초부터 산에 오르지 않고, 산을 사랑하는 사람은 결코 만
족할 줄 모른다. 산을 향한 갈망은 채우면 채울수록 커지
며, 술이나 열정과 마찬가지로 생명을 영광의 절정까지
몰고 간다. 스코틀랜드에서는 술에 만취한 사람을 가리켜
'붕 떴다raised' 혹은 '맛이 갔다fey'고 말한다. 등산을 하지
않는 이들이 보기에는 등산가도 살짝 돌아버린 사람이다.

등산에 따르는 신체의 즐거운 해방감을 '맛이 갔다'고
표현하는 건 과할지도 모른다. 그러나 냉정한 관찰자의
눈에 등산가는 목숨을 우습게 여기며 유쾌하고 방종한 태
도로 위험한 장소를 활보하는 사람처럼 보일 수 있다. 과
연 그 명랑한 자신감의 얼마 정도가 완벽하게 단련된 심
신의 조화에 근거한 것인지는 등산가 자신만이 알 터이

다. 등산가의 명랑한 자신감도, 혹은 드물지만 가끔씩 일어나는 죽음도 신의 섭리로 돌릴 필요는 없다. 정말로 등산가가 죽는다면 그것은 부주의의 결과일 가능성이 높다. 들뜬 나머지 암벽에 낀 얼음을 보지 못했거나, 나침반 대신 자신의 놀라운 행운에만 의존한 것이다. 혹은 그저 완벽한 신체적 안녕감에 도취하여 스스로의 지구력을 과대평가했을 수도 있다.

그러나 이 '맛이 간 상태'와 관련해서는 솔직히 나도 아는 부분이 있다. 우리 집 침대에 누워 내가 두려움 없이 신나게 뛰어다녔던 곳들을 돌이켜보면 간담이 서늘해지곤 한다. 그럴 때면 다시는 산으로 돌아가지 못할 것 같다. 죽도록 겁이 나고 입안이 바싹 말라붙는다. 하지만 막상 돌아가면 이전과 똑같은 영혼의 고양감에 빠진다. 신의 섭리 따윈 잊고 또다시 '맛이 가'버린다.

내가 보기에 '맛이 간' 상태는 생리적으로 유발되는 것 같다. 이런 상태에 빠지는 사람들은 높은 곳에서 가장 자유롭고 생생하게 기능하는 특수한 신체 구조를 지닌다(물론 이는 인간이 감당할 수 있는 높이만을 얘기하는 것이며 느리고 고통스럽게 적응해야 하는 높이에는 해당되지 않는다). 올라갈수록 공기가 희박하고 자극적으로 느껴지며 몸이 가벼워져 더욱 수월하게 오를 수 있다. 급기야 연옥 산을 오르는 단테의 법칙이 물리적 진실처럼 느껴지기에 이른다. "이 산은 오르기 시작할 때부터 고생스럽지만 올라갈수록 덜 피곤해진다."

처음에는 이렇게 몸이 가벼워지는 것이 희박한 공기에 대한 보편적 반응인 줄 알았다. 그러나 내 기분이 상쾌해지는 고지에서 불쾌감을 느끼고 내 몸이 축 처지는 골짜기에서 쾌적함을 느끼는 사람들이 있다는 걸 알고서 놀랐다. 그리하여 인간의 취향과 생리적 특성이 우리가 생각하는 것보다 더 깊이 연관되어 있음을 깨닫게 되었다. 나는 산 애호가라고 할 수 있는데, 내 몸이 고지의 희박한 공기 속에서 최적의 상태에 이르고 그 도취감이 마음에도 전달되기 때문이다. 반면 아르덴의 지하 동굴에서는 2마일을 걸으면서도 피곤해 쓰러질 정도였다. 당시 나는 지하 공동의 기이함과 아름다움에 매혹되어 있었으니, 정신적 고단함 때문에 몸도 고단해진 것은 결코 아니었다. 평상시 먼 곳을 바라보는 습관, 그리고 산꼭대기에 펼쳐지는 탁 트인 공간에 대한 열광도 나의 완벽한 생리적 적응에 기여했다. 근시인 사람은 시력이 좋은 사람만큼 산을 사랑하기가 어렵다. 장시간 등반에서의 꾸준하고 규칙적인 움직임도 신체적 안녕감을 유발하는 데 기여하는데, 자동차로 산에 오른다면 결코 이렇게 움직일 수 없다.

이런 신체적 가벼움은 희박한 공기 속에서 공간적 해방감과 결합하여, 산에서 '맛이 가기' 쉬운 사람들을 고질적 병증에 빠뜨린다. 의지를 무너뜨리고 판단력을 잃게 하니 충분히 병이라고 할 만하다. 하지만 이 병으로 고통 받는 사람은 절대 치료를 요청하지 않는다. 이런 설명은 사실 생리적으로 성립하지 않는 궤변일 뿐이니까. 맙소사! 나는 신체가 높이 떠오르지 않으면 자유로워질 수 없는 노예 신세란 말인가? 아니다. 산꼭대기에 대한 갈망은 단순히 완벽한 생리적 적합성 때문은 아니다. 산속에는 그보다 더 많은 것들이 있다. 나와 산 사이에서 무언가가 움직인다. 장소와 마음은 계속 상호 침투하여 마침내 서로의 본성을 바꾸어놓는다. 나로서는 이 움직임을 설명할 수 없다. 단지 그것에 관해 이야기할 수 있을 뿐이다.

계곡

처음에 나는 높은 곳의 아찔함을 다시 맛보는 데 열중해 있었기에 항상 정상만을 향했고 계곡이나 호수 탐험에는 시간을 들이지 않았다. 하지만 9월 말의 어느 날, 당시의 나보다 더 브레이리아흐를 잘 알았던 사람과 함께 그 산에 오르게 되었고, 그는 나를 코레 안 로헤인 호수로 데려갔다. 이 진기한 호수를 처음 접하기에 그보다 더 적절한 날도 없었을 것이다. 추분에 격심한 눈보라가 쏟아졌다고 했다. 9월 셋째 주쯤이면 고원이 설탕가루 같은 눈으로 뒤덮이게 마련이지만, 그날은 눈이 유난히 높게 쌓여 있었다. 하지만 폭풍이 지나간 뒤라 공기는 얼음처럼 맑고 짜릿하고 경쾌했다. 호수에 손가락을 담가 보니 온몸이 쭈

뼛할 만큼 차가웠지만 물 자체는 놀랍도록 차분하고 고요했다. 코레 안 로헤인 호수는 아무리 자주 오르더라도 매번 경이롭다. 워낙 높은 곳에 있어서 호수 코앞까지 가야 제대로 볼 수 있지만, 에이번이나 에차한 호수와 달리 산으로 가려지지 않고 산등성이에 드러나 있다. 매일 스페이 강에서 케언곰 산맥을 내다볼 때마다 움푹 팬 계곡이 보인다. 그러나 그 자리에 계곡이 있다는 걸 모르는 사람은 계곡의 크기는커녕 존재조차 짐작할 수 없을 것이다. 두 개의 폭포, 즉 고원 끄트머리에서 바위 위로 떨어지며 호수에 물을 대는 폭포와 호수로부터 쏟아져 내리는 폭포가 흰 실처럼 산에 드리워져 있다. 두 번째 폭포가 있는 암벽을 기어오르고 나면(덜 험한 길도 있다는 걸 뒤늦게 알았지만, 유감스럽게도 내 동행인은 열혈 박물학자라 암반에 서식하는 식물의 잎과 줄기, 뿌리를 하나하나 확인하고 싶어 했다) 근처에 쉬어갈 만한 코리가 있기를 바라게 된다. 하지만 그렇지 않다. 아직도 갈 길이 멀다. 고생스럽게 산속으로 들어서면 여기저기 검은 돌멩이가 흩어져 있다. 크기가 집채만 하거나 강판처럼 날카로운 암석 파편들 때문에 지나가기 고생스러운 구간이다. 그러다 보면 마침내 낭떠러지에 단단히 고정된 호수가 보인다. 하지만 9월의 그날은 맑은 공기 속에서 뒤

돌아보니 한참 멀리 펼쳐진 산들이 한눈에 들어왔다. 나
는 그 광경에 깜짝 놀랐다. 이렇게 탁 트여 있으면서도 이
렇게 비밀스럽다니! '호수 동굴의 호수Loch of the Corrie of the
Loch'라는 애매한 이름부터가 이곳의 놀라운 비밀을 지켜
주는 것 같다. 에이번이나 모어리흐 등 다른 호수에도 고
유한 이름이 있으며, 사람들은 각각의 호수에 독특한 특
징이 있기를 기대한다. 하지만 '호수 동굴의 호수'라고 불
리는 곳에 뭐가 있겠는가? 그냥 다른 곳들과 똑같은 산속
호수일 줄 알았다. 그런데 이토록 사랑스러운 곳을 보게
되다니!

물에 손가락을 넣어보니 차가웠다. 한참 동안 귓가를
울리던 폭포 소리도 더 이상 느껴지지 않았다. 천천히 눈
을 들어 건너편 물가를 둘러보았는데 호수가 얼마나 넓은
지 새삼 놀랐다. 고도 3천 피트에 위치한 이렇게 큰 호수
가 고원 한구석 산기슭의 코리 셋 중 단 하나로 쏟아져 내
린다는 걸 어떻게 상상할 수 있겠는가? 나는 다시금 천천
히 수면 위로 시선을 옮겼다. 내 발밑에서 저 멀리 낭떠러
지까지, 호숫가 이쪽에서 저쪽까지. 수면의 넓이를 감상
하는 데는 이만한 방법이 없다.

움직이지 않는 사물을 볼 때 이렇게 눈 자체를 움직이

며 초점을 바꾸면 외부 현실을 인지하는 감각이 심화되어, 정지된 형상이 생성되는 바로 그 순간을 포착할 수 있다. 단순히 머리의 위치를 바꾸는 것만으로도 전혀 다른 세상이 펼쳐질 수 있다. 눈앞에 보이는 사물로부터 고개를 돌려 가만히 있거나 숙여보기도 하고, 양다리를 벌린 채 온 세상이 거꾸로 보일 때까지 몸을 구부려보자. 모든 것이 완전히 새롭게 변한다! 바로 옆의 히스 나뭇가지에서 아득히 멀리 굽이치는 땅에 이르기까지 세부적인 요소 하나하나가 뚜렷해지며 존재감을 주장한다. 지구가 둥글다는 것을 내 눈으로 직접 확인했다고 느끼기는 처음이었다. 내 눈앞에서 지구가 둥글게 등을 구부리고 풍경이 켜켜이 솟구쳐 일어난다('솟구친다'는 건 너무 요란한 표현인지도 모르지만). 내가 초점을 두고 있는 풍경에서 더 이상 세부적인 부분이 뭉쳐 있지 않다. 이 풍경 속의 모든 것이 중심이다. 나는 구경꾼일 뿐이며 그 무엇과도 무관하다. 바로 이것이 지구가 스스로를 바라보는 방식이다.

그래서 나는 찬찬히 코레 호수 너머를 바라보며 이 산에서는 서두르는 게 무의미하다는 걸 깨달아갔다. 한참을 바라보고서야 내가 아직껏 제대로 보지 못하고 있었음을 깨달았다. 에이번 호수에서도 그랬다. 이 호수와의 첫 만

남은 얼얼하고 아찔했으며 마음속 깊이 접근하기 어려운 장소라는 인상이 남았다. 에이번 호수를 품은 산골짜기로 내려갔을 때 나는 이미 주요 산봉우리 여섯 군데를 모두 올랐고 그중 일부는 두 번씩 오른 터였다. 이 호수는 고도 2,300피트 정도에 위치해 있지만 호숫가에 닿으려면 1,500피트는 더 올라가야 한다. 사실상 그 이상이라고 봐야 할 것이다. 에이번 호수는 바로 벤 맥두이와 케언곰 산에 에워싸여 있기 때문이다. 이 1.5마일의 바위 틈새 아래로 빠져나가는 길은 험하진 않지만 시간이 무척 오래 걸린다. 에이번 강을 따라 케언곰 산맥에서도 가장 고적하고 인적 없는 10마일을 지나면 인치로리로 내려갈 수 있다. 또는 비교적 쉬운 유역을 지나 스트라스네시 또는 데리 계곡으로, 또는 반스 오브 바이낙 아래 케이플리흐 천변으로 이동해도 된다. 하지만 호수 위로 올라가면 빠져나갈 길이 없다. 높은 곳에서 떨어져 내리는 폭포 중 하나를 기어 올라갈 수밖에 없다. 아니면 셸터스톤 위로 에차한 호수까지 이어지는 협곡을 따라갈 수도 있다. 그나마 이쪽 오르막길이 더 짧은 편이긴 하다.

이 협곡의 안쪽 끝은 화강암에서 푹 들어가 있다. 아래에서 올려다보면 폭포는 단순한 물보라처럼 보여서 양손으로도 충분히 막아낼 수 있을 것 같다. 그러나 벼랑 위로 올라가 보니 몸을 담글 수 있을 만큼 깊은 웅덩이도 있었다. 이 암울한 요새 위로 쏟아지는 물살은 침전물이 전혀 없으며, 오히려 물을 증류하고 공기를 불어넣어 호수 한참 아래쪽을 반짝이게 만드는 듯하다. 내가 아는 한 이 좁다란 호수의 깊이는 측정된 적이 없다. 나도 직접 들어가 본 적은 없지만 그곳이 깊다는 건 확실하다.

에이번 호수를 처음 본 것은 7월 초의 구름 한 점 없는 날이었다. 우리는 새벽에 출발하여 아홉 시쯤 케언곰 산을 넘고 호수의 아래쪽 끝까지 자전거로 달렸다. 그런 다음 황량한 코리를 마주보며 한가로이 능선을 오르다가 마침내 정오의 햇살이 똑바로 물속을 비출 무렵 옷을 벗고 멱을 감았다. 맑은 물이 무릎에 닿는가 싶더니 곧바로 허벅지까지 차올랐다. 물이 어찌나 맑은지 직접 들어가야 실감이 날 정도였다. 수면 아래를 들여다보면 물의 본질을 깨달을 것 같았다. 물속에 있는 것들이 공기 중에 있는 것들보다도 더 선명하게 보였다. 우리는 첨벙거리며 양지바른 곳으로 걸어갔다. 물속에 들어가면 항상 그렇듯 수면이 한층 넓어져서, 호수는 더 이상 좁아 보이지 않았고 건너편 기슭은 아득히 멀게 느껴졌다. 아래를 내려다보니

발밑에 머리가 멍해지도록 아찔한 광채의 심연이 펼쳐졌
다. 우리는 호숫가에서 몇 미터를 나아가 암반 끄트머리
에 이르렀고, 거기서부터는 깊디깊은 구덩이였던 것이다.
물이 믿을 수 없도록 맑아서 구덩이 밑바닥까지 내려다
보였다. 그 투명함 속에 돌들 하나하나가 또렷했다.

나는 한 걸음 뒤에 있던 동행인을 손짓해 불렀다. 그가
다가오더니 방금 전 내가 그랬듯 물속에 비친 절벽을 내
려다보았다. 우리의 시선이 마주쳤다가 다시금 호수 밑바
닥을 향했다. 나는 몸을 돌려 천천히 얕은 물속으로 되돌
아갔다. 무슨 말을 하든 무의미할 것 같았다. 내 영혼은 내
몸처럼 벌거벗은 상태였다. 내 평생 손꼽히게 무방비한
순간이었다.

내가 충격을 받은 것이 신체적 위험을 간신히 면했기
때문은 아니라고 생각한다. 당시에 치명적인 위기에서 겨
우 빠져나왔다는 느낌은 없었고 지금 돌이켜봐도 마찬가
지다. 물론 균형을 잃어 익사할 가능성도 있었겠지만, 내
가 아무 생각 없이 멍하니 발을 내딛었을 것 같지는 않다.
울퉁불퉁한 길에서 눈과 발은 하늘과 땅을 주시하면서도
다음번에는 어디로 내딛어야 할지 확실히 인식하는 협응
능력을 발휘한다. 물론 대략적인 경계만 눈에 들어올 뿐

이며 세심한 관찰은 멈춰 선 상태에서만 가능하긴 하다. 하지만 울퉁불퉁하되 험하진 않은 시골 길에서는 내가 어디쯤 있고 어디로 가고 있는지 정도는 한눈에 볼 수 있다. 나 역시 6월의 어느 더운 날 퀴이흐 계곡에서 물가로 히스가 우거진 긴 비탈을 내려가면서 이 점을 분명히 확인한 바 있다. 까딱하면 살무사를 밟을 뻔했지만 속도를 늦추기도 전에 눈이 그놈을 감지하고 발이 피한 것이다. 다른 쪽 발 앞에 몸을 쭉 뻗고 있던 그놈의 짝도 감지하고 피할 수 있었다. 잠시 후 나는 멈춰 서서 유쾌한 놀라움을 느끼며 내 발의 민첩하고 단호한 움직임에 감탄했다. 나의 이런 움직임은 의식적 사고와는 거의 상관없는 것이었다.

따라서 에이번 강이 바닥까지 훤히 들여다보여서 얕은 줄 알고 들어갔다가 익사한 사람들이 있다고는 해도, 나는 내가 그때 익사할 뻔했다고 생각하진 않는다. 내가 물속을 응시하면서 느낀 감정도 두려움은 아니었다. 처음으로 호수 바닥을 내려다본 순간, 두려움조차도 드문 짜릿함으로 바꾸어놓는 내 안의 놀라운 힘에 경악했다. 여전히 두려움의 감정이긴 했지만, 지극히 비인격적이고 날카롭게 감지되어 정신을 쪼그라들게 하는 대신 정신을 확장시키는 두려움이었다.

접근하기 어렵다는 점도 이 호수가 지닌 힘의 일부다. 침묵은 이 호수의 본질이다. 지프차로 이곳까지 올 수 있거나 미관을 손상시키는 케이블카가 생긴다면 호수의 의미도 흐려질 것이다. 공리주의는 이곳에 적용되지 않는다. 가끔은 배타적인 장소도 필요하다. 지위나 부를 위해서가 아니라 고독을 느낄 수 있는 인간의 특성을 위해서.

다른 사람의 존재는 침묵을 훼손하기보다 고양시킨다. 그가 산행 동반자로서 적당한 사람이라면 말이다. 완벽한 산행 동반자란 산속에 있는 동안 내가 그렇듯 스스로 산의 정체성에 녹아든다고 느낄 수 있는 사람이다. 이런 사람과 함께할 때 자연스레 입에서 나오는 말은 일상의 일부이며 낯설거나 생소한 것이 아니다. 하지만 '대화를 나누려' 한다면 모든 걸 망치게 되고, 어쩌면 말 자체가 불필요할 수도 있다. 언젠가 광대뼈가 튀어나오고 뺨이 움푹 팰 만큼 수척한 노인과 대화한 적이 있다. 공무원이지만 원래 산골 농장 태생인 그는 수다쟁이들과 함께 산행을 하게 되면 "그놈들을 혼쭐내주고 싶어진다"고 했다. 나 역시 매력적인 젊은이들과 산길을 걸어봐서 안다. 그들의 말은 유쾌하고 재치 있고 끊임없었지만 나를 지치고 기진맥진하게 했다. 산의 말이 들리지 않았기 때문이다. 그렇다고 해서 산에서는 산 이야기만 해야 한다는 것은 아니다. 타인들의 내면과 접촉할 때 그렇듯이 산과의 접촉을 통해서도 온갖 주제가 자연스럽게 떠오를 수 있으며 그리하여 즐거운 토론을 나눌 수도 있다. 하지만 말하기보다는 듣는 편이 낫다.

내가 보기에 수다쟁이들은 산에서 흥분(시인 키츠가 말한 것과는 다른)을 찾는다. 당연한 일이지만 산행 초보자들도 그렇고, 나 역시 마찬가지였다. 그들은 놀라운 경치와 아찔한 정상을, 우유가 아닌 맥주와 차를 맛보고 싶어 한다. 그러나 산은 특별한 목적지가 없는 사람, 딱히 어딜 가려는 것이 아니라 그저 함께 있고 싶다는 생각만으로 친구를 찾아가듯이 산속에 들어오는 사람에게 가장 온전히 자신을 내어주곤 한다.

산봉우리들

내가 최초로 오른 산은 벤 맥두이였는데, 당연히 가장 높은 산이기 때문이었다. 코레 에차한을 지나는 전형적 경로였다. 첫날부터 확실히 깨달은 두 가지 사실이 있다. 첫째로 산에는 내부가 있다는 것이었다. 어린 시절부터 디사이드 고원과 모나들리아흐 산맥을 쏘다녔던 나는 고지대에 익숙했다. 케언곰 산맥 너머 스페이 강을 에워싼 구릉지대는 어린아이에게 이상적인 놀이터였다. 그리고 내게 등반의 끝은 항상 시야가 탁 트이고 세상이 환히 내려다보이는 영광스러운 순간을 의미했다. 하지만 에차한 등반 막바지에 놀랐던 것은 고생스러운 오르막길을 지나고 경사가 완만해지면서 정상에 가까워졌을 때 나타난 보상이 탁 트인 시야가 아니라 산의 내부라는 점이었다. 게다가 얼마나 경이로운 모습인지! 바위가 흩어진 평원, 고요히 빛나는 호수, 거무스름하게 튀어나온 절벽, 에이번 호수 위의 깎아지른 벼랑과 호수 너머 바리케이드처럼 우뚝 솟은 케언곰 산, 그리고 우리가 들어선 곳만 제외하고 사방을 높이 둘러친 산의 장벽.

몇 년 후 반스 오브 바이낙 안에 들어섰을 때도 비슷한 느낌이 들었다. 반스 오브 바이낙은 벤 바이낙 산비탈에 앤 여왕의 저택처럼 늘어선 거대한 검은색 정육면체 암괴로, 안쪽에 있는 일종의 계단을 올라가면 창문같이 갈라진 틈으로 밖을 내다볼 수 있다.

첫 등반에서 얻은 두 번째 지식은 구름의 내부에 관한 것이었다. 에차한 호수 몇 야드 위부터 정상까지는 너무도 짙은 구름 속을 걸어야 했기 때문에, 선두에 있던 남자가 팔 길이 정도 앞서 가자 그의 모습은 사라지고 그가 부는 휘파람 소리만 들려왔다. 남자의 아내와 나는 휘파람 소리를 따라갔다. 우리가 너무 느리다 싶으면 (참을성 없는 남자였던) 그가 구름 속에서 불쑥 나타나 말을 걸어오곤 했다. 우리는 구름 속에서 유령처럼 나타났다 사라지는 그 남자를 따라 인적 없는 길을 끝없이 올랐다. 한참을 그렇게 나아갔다. 한번은 우리의 어슴푸레한 인도자가 양팔로 아내와 나를 붙잡더니 "저 아래 있는 게 에차한 호수예요" 라고 말했다. 아무것도 보이지 않았다. 구름이 더 짙어진 모양이었다. 가만히 서서 그 하얀 웅덩이를 내려다보니 섬뜩한 기분이 들었다. 길은 계속 이어졌다. 이제는 우리를 에워싼 으스스한 순백이 아래로 퍼지면서 마음의 의지가 되던 회갈색 대지마저 삼키고 있었다. 우리는 설선을 넘은 것이었다. 눈은 비非생명처럼 새하얬다.

내가 구름 속을 걸은 다른 날과 마찬가지로, 그날의 구름도 축축했지만 내 몸을 적시진 않았다. 우리가 축축하게 젖은 것은 거의 정상에 다다랐을 때 쏟아지기 시작한 폭우 때문이었다. 그때서야 안개에 휩싸인 코리가 눈에 들어왔다. 고지의 구름은 이따금 나그네에게 가혹하여 아래에서 올라와 비나 진눈깨비를 뿌리곤 한다. 혹은 부드럽지만 끈질기게 나그네를 치대어 호수 속을 지나온 것처럼 흠뻑 적셔놓기도 한다. 비박을 하고 난 아침 눈썹과 머리카락과 모직 옷에 맺히는 이슬처럼 더욱 미세한 물방울들로 젖어드는 구름도 있다. 그런가 하면 피부에 닿는 척척한 감촉이나 냉기에 지나지 않는 구름도 있다. 한번은 구름 속에 들어갔는데 아무것도 느낄 수가 없었다. 구름이 다가올 때는 짙고 으스스하게 보였지만 정작 그 속으로 들어가니 만져지지 않았고 눈에 보이지도 않았다. 구름 한 점 없이 맑은 날이었고, 우리는 스고란 두브 산과 스고르 구이흐 산 사이의 비탈에 있었다. 갑자기 고도 3천 피트 위로 밑바닥이 평평한 구름이 일더니 서서히 우리에게로 다가왔다. 골치 아프게 됐다고 생각했지만, 스위치가 꺼진 것처럼 해가 사라지고 사방이 컴컴해졌을 뿐 아무 일도 없었다. 20분쯤 뒤에 스위치가 켜지듯 다시 해가 나타나더니 에이니흐 계곡 너머로 멀어져가는 평평한 구름 밑바닥이 보였다. 구름 속은 그저 무미건조했다.

구름 위로 나와 산을 오르는 건 즐겁다. 한두 번은 운 좋게 산 끄트머리에 서서 진주처럼 반짝이며 지평선까지 펼쳐진 평원을 바라볼 수 있었다. 저 멀리 자욱한 안개 속에서 또 다른 봉우리가 작은 섬처럼 솟아오른다. 마치 태초의 아침과 같은 풍경이다. 언젠가 로흐나가 산에서 자두나무 꽃처럼 푸르스름한 새벽빛이 케언곰 산맥을 똑바로 비추는 광경도 보았다. 능선과 협곡 하나하나가 반투명해지고 모든 세부가 또렷이 눈에 들어왔다. 산골짜기마다 맑고 순수한 햇살이 흘러넘쳤다. 하지만 남쪽을 바라보자 숨이 턱 막혔다. 온 세상이 사라져버렸기 때문이다.

엄청나게 높은 눈 더미 말고는 아무것도 보이지 않았다. 아니면 그것은 바다였을까? 은은한 광채를 발하며 파도가 바위를 씻듯이 높은 산들을 씻어내고 있었으니까. 그 바다가 끝나는 지점에는(바다란 대부분 어디선가 끝나게 마련이기에) 벤 로여스 산과 시할리온 산이 서쪽 바다의 긴 쌍봉우리 섬처럼 글렌리온 고원에서 솟아나 있었다. 땅의 중심부까지 흘러들었던 안개 바다는 무더운 낮을 지나면서 태양에 흡수되었다.

케언곰 산맥을 다른 산에서, 예를 들어 로흐나가 산이나 글렌리온 고원에서 바라보면 이곳의 집단성이 두드러진다. 산맥의 엄청난 높이와 부피, 직각도가 뚜렷이 눈에 들어온다. 케언곰 산맥은 뭉툭한 피라미드 형태를 이루며 우뚝 솟아 있다. 물론 산의 고도는 높이가 동등하거나 적어도 비슷한 곳에서야 확인할 수 있게 마련이지만, 케언곰의 경우는 단지 상대적 높이 문제가 아니다. 이곳의 고도와 비율, 형태에는 비슷한 높이에서만 제대로 볼 수 있는 무언가가 있다. 희한하게도 이 산들은 아래에서 올려다보면 그다지 웅장하지 않다. 모나들리아흐 산맥의 기알하른 산에서 케언곰 산맥을 바라보면 무슨 말인지 바로 이해할 것이다. 고도는 3천 피트도 안 되지만 스페이 계곡 너머 똑바로 솟아 있는 이 산의 가파른 앞쪽 비탈을 내려오다 보면 맞은편에 파노라마처럼 서서히 펼쳐지는 고지대가 보인다. 마술사의 속임수처럼 매혹적인 광경이다. 내려올 때마다 돌아가서 한 번 더 보고 싶어질 정도다. 이 '속임수'는 간단한 도형을 그려서 설명할 수 있지만, 이런 고지대의 파노라마가 인간의 마음에 전하는 엄숙한 숭고함은 그 어떤 도형으로도 설명할 수 없다. 이처럼 거대한 존재를 좀 더 가까이서 볼 수 있다는 것만으로도 한참 동안 힘겹게 산길을 올라갈 가치가 있다.

케언곰 산맥의 특징인 고원을 가장 잘 관찰할 수 있는 곳은 로어디사이드의 산들이다. 거기서는 벤 에이번 산과 벤 아 뷰어드 산이 이루는 기다란 탁자 지형만 보이기 때문이다. 디 강을 거슬러 올라가다 보면 정면에 케언툴 산이 나타난다. 로흐나가 산 가까이에 이르면 케언툴 산 전체가 선명히 보인다. 돌덩어리를 깎아낸 듯한 균열과 돌출부 위로 빛이 아른거린다. 절벽이 장밋빛으로 물드는 아침 풍경이 가장 멋지다. 이 현상은 한 시간 정도 지속된다. 벼랑 하나하나가 차례로 장밋빛을 띠다가 다시 흐릿해지지만, 대기 상태에 따라 빛이 더 오래 지속되기도 한다. 뜨겁고 적막한 여름 더위 속에 코리뿐만 아니라 고원 전체가 정오까지 선명한 보랏빛으로 타오르는 광경을 본 적이 있다. 코리는 해넘이 시간에도 빛나지만 이 광경은 산맥의 다른 쪽에서 봐야 한다. 로흐나가 쪽에서 보면 여름 석양은 케언곰 산맥 뒤로 떨어지지만 겨울 석양은 옆에서 비스듬히 와 닿는다. 다른 곳에서는 보기 어렵고 로흐나가 산이나 바로 위의 고원까지 가야만 볼 수 있는 지점도 있다. 케언곰 산맥에서도 가장 비밀스러운 장소에 속하는 브레이리아흐 산의 저 유명한 가르브 코레 동굴 안쪽이다.

한참 더 서쪽에 있는 앵거스 주 경계의 글라스 멜 산에서는 케언곰 산맥이 주변 산들의 윤곽선과 조화롭게 뒤섞이며 살며시 뻗어 나오는 것처럼 보인다. 기원은 다를지 몰라도 케언곰 산맥 또한 다른 산들처럼 빙하기의 이동과 마찰로 침식되었으며, 그런 공통적 이력을 가장 잘 확인할 수 있는 지점이 바로 이 산이다. 에이 계곡 상류의 벤 우란 산에서 레릭 그루 고개를 똑바로 바라보면 가운데를 파고든 틈새로 인해 고원이 둘로 갈라진 것을 볼 수 있다. 하지만 에이 계곡과 디 강의 합류점에서 산비탈을 따라 1마일쯤 더 하류로 내려오다 보면 익숙한 산맥의 새로운 모습에 깜짝 놀라게 된다. 산맥이 산봉우리 여러 개가 겹쳐진 장엄한 정점으로 나타나면서 고원의 파편처럼 보였던 것이 산임을 새삼 깨닫는 것이다. 이런 효과는 브레이리아흐의 길고 평평한 정상부가 안개에 가려질 때(흔히 있는 일이다) 가장 두드러진다. 그 옆으로 거대한 벤 맥두이 산과 뾰족한 원뿔 같은 케언툴 산이 우뚝 솟아났고, 데블스포인트나 케언곰 오브 데리처럼 더 작고 가까운 봉우리들이 뒤를 받쳐준다. 이 봉우리들은 눈높이 위로 당당하게 높이 솟구쳐 케언곰 산맥의 웅장함을 실감하게 한다. 그러나 남서쪽과 서쪽으로 고개를 돌리면 둥글고 밋밋하며 볼품없이 부피만 큰 산괴밖에 보이지 않는다. 괴물의 뒤통수를 닮은 산의 뒷면이다. 산 너머 앞쪽에는 떡 벌어진 아가리, 이빨, 끔찍한 엄니가 있다.

이 울퉁불퉁한 산괴 맞은편 브레이 오브 애버네시에서 북동쪽을 바라보면 산이 아가리를 벌리고 엄니를 드러낸다. 능선이 급격히 위로 솟구친다. 이곳이 케언곰 산이다. 이름만 보면 산맥을 대표하는 산이지만 고도로는 겨우 네 번째일 뿐이다. 깎아지른 듯 날카로운 절벽이 에이번 호수를 에워싸고 있다. 이곳이 스탁 율러르, 즉 '독수리 바위 산'이다. 케언곰 산에는 최고의 호수들이 있다. 에이번 호수, 작지만 사랑스럽고 오래되어 녹슨 구리 지붕처럼 초록빛으로 반짝이는 안 우에니에 호수, 스페이사이드 산비탈의 거대한 코리 세 개를 완벽하게 반사하는 모어리흐 호수. 잔잔한 수면 위로 3천 피트에 이르는 아찔한 절벽이 솟아 있다. 호수가 어찌나 넓고 긴지 고원의 암괴에서 돋을새김처럼 튀어나온 웅장한 정면, 코리, 능선과 산자락이 하나하나가 비쳐 보인다. 바람이 잔잔한 날이면 수면에 비친 풍경이 꿈결처럼 아름답다.

코리가 세 개씩 있는 케언곰과 브레이리아흐의 북서쪽 사면은 황무지로부터 가파르게 솟아올라 있어서, 고원 가장자리를 따라 걷다 보면 누군가 나를 세상이라는 거대한 선반 위로 들어 올린 것처럼 느껴진다.

물

그리하여 나는 다시 고원에 와 있다. 이곳이 마음에 드는
지 확인하려고 강아지처럼 원을 그리며 빙빙 맴돌면서.
그래, 마음에 든다. 잠시 여기 머물도록 하자. 새벽에 길을
떠나온 터라 이곳은 아직 아침이다. 한여름의 태양이 땅
의 습기를 빨아들이면서 한동안 구름 속을 걸어야 했지
만, 지금은 구름의 마지막 솜털 하나까지 허공으로 사라
지고 온 하늘에 빛만 남았다. 땅 끝까지 볼 수 있고 하늘
위까지 볼 수 있다.

　고원의 침묵 속에 서 있으면 그 침묵이 완전하지 않다
는 것을 알게 된다. 물이 말하고 있다. 그쪽으로 다가가려
하자 순식간에 눈앞의 전망이 사라진다. 고원에는 움푹

팬 구간이 있게 마련이며, 지금 내가 있는 구간은 산 안쪽으로 크게 갈라진 가르브 코레까지 널따랗게 경사져 있기 때문이다. 가르브 코레는 잎맥 대신 물줄기가 있는 널따란 잎사귀와 같다. 절벽 가장자리로 모여든 물줄기들은 폭포가 되어 5백 피트 아래로 떨어진다. 이것이 디 강이다. 놀랍게도 디 강은 지금 내가 있는 4천 피트 고도에서도 이미 수량이 상당하다. 물줄기가 빠져나간 잎사귀의 나머지 부분은 척박하다. 지면은 돌이나 자갈, 때로는 모래로 덮여 있으며 군데군데 이끼와 풀이 자란다. 이끼 속에 여기저기 흰 돌이 몇 개씩 쌓여 있다. 다가가 보니 돌무더기 속에서 물이 솟아오른다. 강하고 풍부하고 차가운 생수가 졸졸 흘러나와 바위 위로 떨어진다. 이곳이 웰스 오브 디, 즉 디 강의 발원지다. 강력한 백색 물질이자 자연의 네 가지 신비 중 하나인 물의 태곳적 모습을 볼 수 있는 곳이다. 깊은 신비가 모두 그렇듯 이곳의 물도 무서울 만큼 단순 명료하다. 그저 바위에서 솟아나 흘러갈 뿐이다. 이 물은 헤아릴 수 없이 긴 세월을 바위에서 솟아나 흘러갔으리라. 아무것도, 정말로 아무것도 하지 않고 있는 그대로 존재할 뿐이다.

디 강은 지류를 통해 케언곰 산맥의 남동쪽 사면 전체

를 적시지만, 그 원류가 되는 물은 산맥 중앙의 고원 전체에서 온다. 고원을 둘로(케언툴 산과 브레이리아흐 산, 그리고 케언곰 산과 벤 맥두이 산) 가르는 레릭 그루 고개는 너무 좁고 험해서, 안개가 절벽 사이에 내렸다가 걷힐 때 슬쩍 보이는 암벽이 지금 내가 서 있는 산인지 아니면 레릭 그루 너머의 다른 산인지 구분하기 어려울 수 있다. 벤 맥두이 쪽이 브레이리아흐 쪽보다 300피트 낮긴 하지만, 양쪽의 강 원류는 서로 겨우 한 발짝 떨어져 있을 뿐이다. 한쪽은 동쪽으로 흐르다가 벼랑을 넘어 에이번 호수로 떨어진 다음 북쪽의 스페이로 향한다. 다른 쪽은 서쪽으로 흐르다가 마치 번(burn, 하천이나 개울을 뜻하는 스코틀랜드어 —옮긴이)이 되어 절벽을 넘고 레릭 그루로 떨어진다. 그러다 각각 남쪽과 동쪽으로 틀어 가르브 코레에서 흘러나오는 물에 합류하면서 디 강을 이룬다. 하지만 좁다란 레릭 그루 고개로 떨어지는 순간 물은 더 이상 흐르지 않는 것처럼 보인다. 물줄기가 사라진다. 조금 더 내려가면 작은 웅덩이 하나가 보이고, 더 아래로 내려가면 수정처럼 맑고 깊고 커다란 웅덩이가 두 개 있다. 이 웅덩이들은 언뜻 보면 고립된 것 같다. 들어오는 흐름은 보이지 않고 나가는 흐름도 없다. 하지만 잔잔하게 반짝이는 것을 보면 완전히 고인

물은 아니라는 것을 알 수 있다. 이곳은 풀스 오브 디라고 불린다. 마치 번이 이 웅덩이들에 물을 대주며, 그 물은 낮은 웅덩이들에서 얼마 떨어지지 않은 디 강 상류로 흘러간다. 이 웅덩이들을 보는 것 말고는 악명 높은 레릭 그루 고개를 굳이 힘들여 지나갈 이유는 없다.

레릭 그루를 지나는 길은 대체로 수로가 보이지 않는다. 분수령 너머 스페이 쪽에서 눈에 띄는 것은 메말라 보이는 바위덩어리들뿐이다. 그러다 갑자기 땅바닥에 물줄기 하나가 나타나 등산객을 놀라게 하지만, 그마저도 금세 도로 자취를 감춘다. 가파른 암벽 사이로 이어지던 레릭 그루가 점차 넓어지고 수세기 동안 폭풍에 부서져 내린 바위들로 메워진 유역을 벗어나면, 마침내 탁 트인 벌판으로 쏟아져 나온 물줄기가 수정처럼 빛나며 힘차게 흐른다.

이 좁다란 골짜기에 있는 것이 하천 바닥을 뒤덮은 낙석 파편만은 아니다. 산 바깥면의 바위 사이에 앉아 있노라니 두 가지 소리가 나직이 귓가에 울려왔지만, 양쪽 다 어디서 오는지 알 수 없었다. 하나는 뇌조가 짹짹대는 소리였고 다른 하나는 흐르는 물소리였다. 한참 뒤 뇌조가 자기 몸 색과 비슷한 잿빛 돌들 사이에서 하얀 날개를 퍼덕이며 날아오르는 것이 보였다. 하지만 물이 흐르는 곳은 도저히 찾을 수 없었다. 물이 꼴꼴거리며 좁은 공간을 빠져나가는 소리가 여기저기서 들려왔고, 그러다 문득 돌무더기라고만 생각했던 곳들 아래로 반짝이는 물이 눈에 띄었다.

케언곰의 물은 모두 깨끗하다. 화강암에서 흘러나오기에 물을 더럽히는 이탄 성분이 섞이지 않았고, 따라서 하일랜드의 하천에서 흔히 볼 수 있는 '말 등의 갈색' 같은 황금빛 호박색을 띠지 않는다. 이곳의 물에 빛깔이 있다면 절벽 가장자리를 흐르는 쿼이흐 강처럼 녹색일 것이다. 겨울 하늘의 녹색과 비슷하지만 빙하의 물처럼 눈부시게 반짝이진 않으며 아콰마린같이 투명하고 맑다. 쿼이흐 강의 폭포는 때로 보랏빛이 어른거리는 녹색을 띤다. 떨어져 내린 물이 보랏빛 거품을 일으키며 부글거리는 것도 볼 수 있다. 이런 폭포 아래의 웅덩이는 맑고도 깊다. 나는 찾을 수 있는 가장 작은 흰 돌멩이를 웅덩이에 던져 넣고 그것이 서서히 흔들리며 바닥에 닿기까지 시간을 재면서 놀곤 했다.

호수 중에도 녹색을 띠는 곳이 있다. 네 개의 호수로 이루어진 안 우에니에 호수는 그 이름부터 녹색이라는 뜻이다. 가장 고도가 낮고 예쁜(혹은 '예쁘장한') 리보안 호수 외에는 모두 크기가 작고, 코리 안쪽 높은 곳에 있다. 리보안 호수는 다른 세 호수와 달리 수목한계선 아래에 있어 소나무로 멋지게 둘러싸여 있고, 그중 한 그루에는 독수리 둥지가 있다. 맑은 물을 통해 오래전 쓰러져 호수 바닥에 가라앉은 나무둥치들이 환히 들여다보인다. 물 빛깔은 햇살에 따라 청록색이 되었다가 녹청색이 되었다가 하지만 시종일관 식물성이라기보다는 금속성의 순수한 녹색을 띤다. 네 호수 중에서도 눈부시게 아름다운 곳은 브레이리아흐와 케언톨 산 사이에서 곡선을 이루는 거대한 벼랑의 헐벗고 경사진 암반들 사이에 매달려 있다. 선명하게 두드러진 호수의 윤곽이 완벽한 절경을 이룬다. 벤 맥두이 산과 데리 케언곰 산에 있는 나머지 두 호수는 리보안 호수만큼 아기자기하지 않고 두 번째 호수만큼 근사하지도 않다. 이 산들의 스페이 쪽 비탈에 있는 호수가 더 볼 만하지만 하천에 있어서는 디 쪽 비탈이 낫다. 폭포가 더 가파르게 떨어지고 폭포 아래 깊고 고요한 웅덩이가 있다.

검은색을 뜻하는 이름의 호수도 두 개 있다. 벤 아 뷔어드 산의 두브 호수와 고원을 가르는 두 번째 고개인 리틀 레릭의 두브 호수다. 하지만 이 호수들이 실제로 검은 것은 아니고 바위 그림자가 짙게 드리워져 있을 뿐이다. 맑은 녹색을 띤 쿼이흐 강과 에이번 강의 발원지인 만큼 물이 검을 리는 없다. 겨울에는 호수를 뒤덮은 빙판 아래 녹색 광채가 아른거리고, 4월이면 반짝이는 얼음 아래 흐르는 어두운 물줄기가 벌써부터 샘물이 콸콸 솟아나고 있음을 보여준다. 여름에는 두브 호수 위 벤 아 뷔어드 산의 높은 버팀벽에 올라 물속을 들여다보곤 했다. 햇살이 수면 아래까지 똑바로 내리쬐어 그 높은 곳에서도 호수 바닥에 가라앉은 돌들이 또렷이 보였다.

화강암에서 흘러나온 물은 차갑다. 샘에서 바로 떠다 마시면 목이 따끔거린다. 그 촉감에서 알싸한 생명력이 느껴진다. 고원에서도 한여름에는 시냇물에 멱을 감을 만큼 무더운 날이 있지만, 다음 해의 같은 날에는 눈 쌓인 동굴에서 시냇물이 흘러나올 수도 있다. 고원의 디 강뿐만 아니라 낮은 코리에 있는 에차한 호수에도 스노 브리지(크레바스에 눈이 얼어 다리처럼 걸쳐진 상태를 말한다―옮긴이)가 생겨난다. 알트 드루이 강이 너무 불어나서 발을 적시지 않고서는 건널 수 없었던 날엔 다리에 밀려드는 물살이 너무 차가워 그 압력조차 느끼지 못했다.

이렇게 사방에서 움직이는 물소리는 꽃에 꽃가루가 필

요하듯 산에 꼭 필요한 존재다. 사람들은 아무 생각 없이 숨 쉬듯 귓가에 전해지는 물소리를 듣는다. 그러나 주의 깊은 사람의 귓가에서 그 소리는 온갖 다양한 음들로 분해된다. 호수가 느리게 철썩대는 소리, 시냇물의 높고 맑은 지저귐, 급류의 포효. 귀는 한 줄기의 작은 하천에서 수십 가지의 다른 음을 구분할 수 있다.

눈이 녹거나 구름이 밀려올 때, 하늘에서 며칠이고 끊임없이 비가 내릴 때, 하천은 큰물이 되어 내려온다. 좁은 수로가 담아내지 못한 물이 산비탈을 따라 흐르고, 흙 속에 깊은 고랑을 파고, 바윗돌을 굴리고, 콸콸 쏟아지고, 길을 없애고, 땅굴을 메우고, 둥지를 집어삼키고, 나무뿌리를 뽑아내고, 그러다 마침내 비교적 평평한 땅에 도달하여 물결치는 바다를 이룬다. 지난번 홍수 이후에 수리한 도로가 다시 황폐해지고 다리는 떠내려간다. 걷다 보니 어느새 다리가 있었던 지점에 이르렀다. 다리라고 해도 도랑에 걸친 판자에 지나지 않아서 까먹고 있었지만 말이다. 판자는 움직이지 않았으나 이제 너비가 20피트나 되는 거센 급류 아래 잠겨 있다. 다리를 건너려고 발을 내딛으면 곧바로 무릎 위 넓적다리까지 물이 차오르고, 물살에 맞서 똑바로 서려고 애쓰느라 온몸이 긴장된다. 늙은 사냥터지기가 가르쳐준 대로 발을 들지 않고 바닥을 따라 미끄러지듯 조심스럽게 내디뎌보지만, 물줄기 한복판에 도달하기도 전에 덜컥 겁이 난다. 나는 후퇴한다. 다른 길로 돌아갈 것이다.

하지만 때로는 돌아갈 길이 없을 수도 있다. 허벅지에 부딪혀오는 급류 한복판에 서 있다 보니, 다리가 드물었고 그나마 건널 만한 곳에는 잘못 만들어진(또는 망가진) 도로가 있던 시절 스코틀랜드의 하천이 왜 그렇게 악명 높았는지 알 것 같았다. 에이번 강은 옛 민요에 나오는 틸 강처럼 익사 사고가 많기로 유명하고, 스페이 강과 디 강은 심지어 내가 태어난 뒤로도 많은 희생자를 냈다.

물의 가장 섬뜩한 특징은 그것이 지닌 힘이다. 나는 물의 반짝이는 광채가 좋다. 음악적인 소리, 유연하고 우아한 움직임, 내 몸을 때리는 감촉도 좋다. 하지만 그 완력만큼은 두렵다. 자연의 힘을 두려워했기에 숭배했던 조상들처럼 나 역시 자연이 두렵다. 물의 움직임에는 온갖 신비가 숨어 있다. 물은 고대의 뱀처럼 땅속의 구멍에서 빠져나온다. 나는 하천이 시작되는 곳을 봐왔지만, 산꼭대기에서 확고하게 끊임없이 솟아나는 물줄기를 보면 볼수록 당황하게 된다. 학교에 다니는 아이라면 누구나 이해하는 단순한 원리다. 물은 산에서 솟아나 낮은 곳으로 흘러내리며, 인간은 물 없이는 살지 못한다. 그러나 나는 물을 이해할 수 없고 그것이 지닌 힘도 헤아릴 수 없다. 어렸을 때 나는 수도꼭지를 최대한 세게 튼 다음 젖 먹던 힘까지 다해 열 손가락으로 눌러 막곤 했다. 결국 물살에 몸이 밀려나고 갓 빨아 입은 원피스가 물벼락을 맞을 때까지. 가끔은 내 손가락으로 산속의 샘을 틀어막고 싶다는 희한한 충동을 느끼기도 했다. 얼마나 터무니없고 무의미한 짓인가! 물은 내게 너무 거대한 존재다. 하지만 인간이 물 없이 살 수 없다는 건 확실하다. 인간이 건강하게 살려면 물을 보고 듣고 만지고 맛보아야 한다. 냄새까지 맡을 필요는 없겠지만 말이다.

서리와 눈

흐르던 물이 얼어붙는 것 또한 신비로운 일이다. 불어난 급류로 내 앞에 힘을 과시하고 암반 위로 쉴 새 없이 유유히 떨어지던 강력한 백색 물질이 이제는 자기 안에 갇혀 벌을 받고 있다. 하지만 서리와 흐르는 물의 위력 다툼은 쉽게 끝나지 않는다. 전세는 계속 요동치고, 물속의 움직임과 서리의 정지 상태를 넘나드는 중간 지점에서 기이하고 아름다운 형태가 나타난다. 나 역시 어느 겨울날 하루 종일 이 하천에서 저 하천으로 돌아다니며 응결 과정을 지켜보기 전까지는 흐르는 물이 얼면서 얼마나 다양하고 환상적인 형상을 이루는지 몰랐다. 소용돌이와 바늘 형태

하나하나가 두 자연력이 평형을 이룬 순간을 담고 있다.

물의 응결 과정을 처음으로 직접 목격한 것은 1월의 어느 날 슬루가인 계곡에서였다. 전날 밤 브레이마 마을의 기온이 영하 19도까지 떨어진 터였다. 오후에 우리는 모론 산에 올라 새까만 전나무 그루터기 몇 개만 빼면 온통 새하얗게 보이는 세상 너머로 해가 지고 동시에 보름달이 뜨는 광경을 보았다(다음 날 쿼이흐 계곡 위쪽에서 본 오래된 전나무들 역시 죽은 듯 시커멨고 녹색이라고는 요만큼도 없었다). 산비탈에 서서 그 광경을 바라보는 동안 맹렬한 서리, 구름 한 점 없는 하늘, 순백의 세상, 지는 해와 뜨는 달이 한데 어우러져 프리즘의 광채처럼 푸른빛, 연보랏빛, 자줏빛, 장밋빛으로 녹아들었다. 보름달이 은은한 초록빛을 발하며 떠올랐다. 눈 쌓인 땅과 하늘 위로 장밋빛 어린 보랏빛이 번져 나갔다. 실제로 살아 있고 실체와 생명력을 지닌 것 같은 색, 우리 눈에 보이는 것이 아니라 우리가 그 안에 있는 것처럼 느껴지는 색이었다.

다음 날은 눈 쌓인 산에 찬란한 햇빛이 반짝이고 벤 아뷔어드 산의 절벽이 밝은 장밋빛 그늘을 드리웠다. 온 세상이 얼마나 상쾌하고 눈부시던지! 고요하기는 또 얼마나 고요했는지! 우리의 장화가 눈을 밟는 뽀드득 소리 말고는 아무것도 들리지 않았다. 한번은 소리도 없이 날아올라 도망치는 뇌조를 보고 얼른 고개를 들자 사냥에 나선 독수리가 눈에 들어왔다. 독수리는 계곡을 따라 급강하하며 우리 머리 위로 스쳐갔다. 덕분에 하늘로 펼쳐진 두 날개 끝의 분리된 깃털과 독수리가 다시 급상승하기 직전의 근사한 날갯짓을 관찰할 수 있었다. 계곡 꼭대기에 가까워지자 나무에 앉은 진박새 무리가 보였고, 물까마귀 한 마리가 얼음처럼 찬 시냇물 속으로 풍덩 뛰어들기도 했다. 그곳은 텅 빈 세상이 아니었다. 눈 속 곳곳에 새와 동물의 발자국이 남아 있었다.

동물들도 우리와 다를 바 없는 상황이었다. 얼어붙은 눈 더미 위를 당당하게 걸어가다가도 때로는 무릎까지 푹 빠지곤 했다. 구덩이처럼 눈 속 깊이 뚫려 보폭 말고는 아무것도 확인할 수 없는 발자국도 있었다. 눈에 찍힌 지 얼마 안 되어 선명한 발자국도 있었고, 적당한 간격으로 떨어진 네다섯 개의 발톱 자국만이 남아 있을 때도 있었다.

이런 발자국들은 겨울 산행에 색다른 즐거움을 선사한다. 실제로 함께 가는 것은 아니라 해도 동행자가 생긴 것이다. 걷는 산토끼 하나, 깡충깡충 뛰는 산토끼 하나, 꼬리를 질질 끄는 여우 하나, 발이 두툼한 뇌조, 발이 얄팍한 물떼새, 붉은사슴과 노루들이 이 길을 지나갔다. 눈 위에 찍힌 발자국에서는 서리의 섬세한 흔적을 발견할 수 있다. 주변에서 날아든 부드러운 눈 위에 산토끼의 발자취가 얼음 부조로 남아 있을지도 모른다. 산토끼 발바닥은 부드럽고 파슬파슬한 눈 속에 나뭇잎 같은 자국을 남긴다. 깨끗한 눈밭 한가운데에서 갑자기 가느다란 두 줄의 실에 꿴 구슬처럼 자그만 발자국들이 나타난다. 손가락으로 더듬어보니 눈 속에 땅굴이 하나 숨어 있다. 여기서 생쥐가 튀어나온 모양이다.

슬루가인 계곡을 올라가는 동안 새 여러 마리와 동물 발자국들(그날 아침 실제로 목격한 네 발 동물은 한 마리도 없었다)이 우리를 즐겁게 해주었지만 가장 멋진 구경거리는 물이었다. 그 뒤로도 얼어붙고 있는 하천을 많이 보아왔지만, 이렇게 절묘한 현상을 과연 언어로 설명할 수 있을지 모르겠다. 하천의 동결은 결빙과 물의 흐름이라는 두 가지 움직임이 동시에 일어나면서 나타나는 상호 작용이다. 때로는 바람이라는 세 번째 힘이 끼어들어 얼음의 형태가 더욱 복잡해지기도 한다. 얼음은 수정처럼 맑을 수도 있지만 반투명할 때가 더 많다. 울퉁불퉁하거나 금이 갔거나 안쪽에 기포가 있거나 전체 또는 가장자리만 녹색을 띠기도 한다. 물이 돌 위로 소용돌이쳐가는 곳에서는 얼음이 불투명하고 쪼개진 원형 구조를 이룬다. 물이 하천 바닥을 가로지르는 돌들 위로 얕게 흐르다가 물결치는 녹색 폭포를 이루며 얼어붙은 곳 위로는 반쯤 얼어붙은 진창이 댐처럼 쌓인다. 물은 녹색처럼 보이지만 손으로 떠 보면 투명하다. 단단하면서도 얇은 얼음 층이 켜켜이 쌓여 다듬지 않은 수제 종이 같고, 그 가장자리는 짙은 녹색을 띤다. 바람이 불어오지 않는 돌출부에서 꾸준히 떨어진 물줄기는 맑고 투명하며 거의 완벽한 구 형태로 얼어붙는다. 뒤죽박죽 제멋대로인 이 세상에서 너무나 매끈하고 비현실적으로 보여 인간이 만든 게 아니란 걸 믿기 어려울 정도다. 바위에서 떨어져 내린 물보라가 강기슭에서 서서히 얼어가던 눈을 베어내어 수정 구슬처럼 맑은 소리를 내고, 물에 흠뻑 젖은 히스 가지가 꽁꽁 얼어붙어 정교한 유리 장난감이 된다. 암벽 위로 흐르던 물은 줄줄이 얼어붙어 몇 가닥으로 꼬인 로프처럼 보인다.

바위에서 물이 똑바로 떨어지는 곳에는 넓적다리만큼 두껍고 길이가 몇 피트나 되는 고드름이 매달려 있다. 가끔씩 바람이 불면 물줄기가 비스듬하게 얼어 기울어진 고드름이 되기도 한다. 단단히 얼어붙어 꿈쩍도 않는 언월도 모양의 고드름을 본 적도 있다. 바람의 방향이 그대로 남은 것이다. 때로는 개울의 완만한 지점에 살얼음이 끼되 한복판까지 얼진 않아서 몇 인치 아래 수면이 보이기도 한다. 결빙이 시작되면서 상류의 물이 얼어 수량이 줄었기 때문이다. 평평한 수면이 이쪽 기슭에서 저쪽 기슭까지 꽁꽁 얼어붙으면 쾅쾅 큰 소리가 울리기도 한다. 빙판 아래 물줄기를 타고 흘러온 돌이 얼음에 부딪히는 소리다. 하천 기슭의 늪지대에서 단단히 얼어붙은 듯한 눈을 밟았다가 얇고 파삭파삭한 살얼음이 꺼지면서 4~5인치 길이의 바늘 모양 결정 수천 개로 이루어진 얼음 덩어리가 드러날 수도 있다. 얼어붙은 하천의 수면 아래를 들여다보고 있노라면 빙판에 가느다란 양각과 음각으로 새겨진 아름다운 무늬가 눈에 들어오고, 실제 풍경과 그것을 묘사한 그림에서 찾아낼 수 있는 강조와 중첩된 형태의 미묘한 차이가 느껴진다. 서리와 흐르는 물의 상호 작용은 끝없이 아름다운 것들을 만들어낸다.

하천의 돌 주위로 뾰족하게 돋아난 얼음 발톱과 암반에 늘어진 얼음 당근이 녹아 떨어져서 강물에 떠내려갈 때면 연꽃이나 촘촘한 콜리플라워 송이처럼 보인다. 이 연둣빛 덩어리에 석양이 비치면 섬광이 무지개처럼 반짝인다. 호수의 물이 빠져나가는 한 지점(다른 곳에서는 이런 이야기를 들은 적이 없다)에서는 유빙 사이 물결의 독특한 움직임으로 인해 수면에 떠다니는 무수한 솔잎이 촘촘한 공처럼 엮이는데, 엮음새가 어찌나 탄탄한지 시간이 아무리 지나도 완벽한 대칭 형태를 유지한다고 한다. 이 공은 물에서 꺼내 몇 년이나 보관할 수 있으며, 그것이 어떻게 만들어졌는지 모르는 사람들에게는 식물학적 수수께끼로 보인다.

눈도 서리와 바람의 장난감이 될 수 있다. 양지에 느슨하게 쌓인 눈이 흩날릴 때면 바람에 일렁이는 옥수수 밭이 떠오른다. 맹렬한 강풍에 섞여 내린 눈이 산꼭대기의 돌무더기 뒤에 쌓여 길쭉한 결정을 이루며 얼어붙는다. 바람이 돌무더기의 양쪽을 쓸어대면서 눈이 한데로 모아진 것이다. 바람의 방향이 그대로 남은 또 다른 경우다. 때로는 바람이 느슨한 눈 더미를 한 겹 걷어가려는 와중에 서리가 끼어들면서 섬세한 눈가루로 투명한 모슬린 주름 장식을 만들어낸다. 내 친구 하나는 이렇게 바람과 서리가 빚어낸 작품을 '왕세자의 깃털'이라고 부르기도 했다. 눈은 구름을 타고 날아오기도 한다. 우리는 다가오는 눈을 볼 수 있지만 그 미세한 얼음 입자를 하나하나 구분할 수는 없다. 손으로 눈을 받으려고 하면 아주 작아서 촉감도 느껴지지 않는 물방울로 뒤덮이지만, 눈을 향해 얼굴을 들면 얼음 결정체가 안구를 찌른다. 이런 눈은 산비탈에 유령처럼 가볍고 얇게 쌓인다. 엉성한 교회 지붕 틈으로 들어와 늙은 스코틀랜드인 목사의 머리에 떨어지는 '반짝반짝 고운 가루눈'처럼.

눈이 오기 시작하는 것은 보통 하늘이 반짝이는 푸른색을 띠고 지평선에 빵빵한 흰색 적운이 낮게 줄지어 쌓였을 때다. 그중에서도 유난히 배가 불룩한 구름 가장자리에서 눈가루가 조금씩 떨어지는데, 아주 작은 데다 푸른 하늘을 맴돌며 가볍게 떠다니기 때문에 존재감이 거의 느껴지지 않는다. 그러다 몇 분 만에 눈송이가 공중을 가득 채운다. 눈이 내려 도랑을 메우고 하천이 얼기 시작하면 하늘에서나 물에서나 녹색이 가장 두드러진다. 눈 쌓인 기슭 사이에서 하천과 강이 녹색으로 빛나고, 나무꾼이 피운 화톳불의 연기도 눈을 배경으로 녹색을 띤다. 눈 위의 그림자는 물론 푸른색을 띠지만, 눈이 물결치며 날리는 곳에서는 그늘 아래가 녹색에 가깝게 보일 수 있다. 눈 내리는 하늘은 해가 뜨거나 질 때뿐만 아니라 하루 종일 선명한 녹색을 띠곤 한다. 그리고 눈 때문에 녹색을 띤 하늘이 물이나 창문에 비치면 더욱 짙은 녹색으로 보인다.

눈 덮인 산은 이런 하늘과 대조를 이루어 마치 블루베리로 문지른 것처럼 보랏빛을 띠지만, 또다시 눈이 내리려고 할 때는 산 전체가 황금빛 어린 녹색이 되기도 한다. 이 녹색 속에서 유난히 두드러지는 작은 산 하나가 있다. 드문드문 한 줄로 늘어선 전나무 뒤에서 눈 덮인 산비탈 전체가 눈부시게 선명한 파란색으로 번쩍인다.

산맥 전체의 외관은 눈발이 쏟아지는 동안 시시각각 바뀐다. 암반 구조가 드러날 만큼 얇게 쌓인 눈은 가장 투명한 푸른색보다도 더 비현실적으로 보일 수 있다. 현실이 만들어낸 유령인 셈이다. 눈이 녹기 시작해도 고원은 여전히 하얗지만, 낮은 산비탈에는 군데군데 줄무늬나 얼룩이 생기고, 잿빛 도는 흰색 하늘 아래 거무스름한 부분만이 눈에 들어온다. 고원은 보이지 않고 코리로 이어지는 능선이 첨탑처럼 또렷이 두드러진다. 저녁이 되면 하늘은 짙은 청회색을 띠고, 눈 녹은 산자락도 똑같은 푸른색으로 젖어든다. 눈의 촉수를 아래로 뻗은 길고 높고 평탄한 산꼭대기들은 받침대도 없이 공중에 매달린 것처럼 보인다.

산이 마침내 완전히 눈으로 뒤덮이고 나면(매년 겨울 일어나는 일은 아니다. 케언곰의 날씨는 예측 불가능하다. 스키를 탈 만큼 눈이 두껍고 탄탄하게 쌓이기만 기다리다가 봄이 올 수도 있다) **화창한 날**의 밝은 섬광도 무해해진다. 겨울 햇빛은 너무 약해서 눈을 손상시킬 수 없다. 가끔씩 하루 종일 무수한 빛살이 부서지는 새하얀 눈 위를 걸은 적도 있는데, 그래도 겨울 햇빛이 거슬린다고 느낀 적은 없다. 딱 한 번 설맹증에 걸린 적이 있긴 하지만 그건 춘분에서 5, 6주가 지나고 북극광이 강해진 4월 말의 일이었다. 케언곰에는 해가 비치지 않는다는 이상한 말을 들은 적이 있는데, 완전히 헛소문이다. 오히려 공기가 맑기 때문에 햇빛이 더 강해진다. 내가 보기에는 열보다 빛이 더 강한 것 같다. 4월 말의 어느 날이었다. 화창한 날씨가 계속되다가 갑자기 눈보라가 몰아쳤다. 밤새도록 눈이 쏟아졌고, 다음 날은 해가 났음에도 강한 폭설이 이어졌다. 우리는 벤 아 뷔어드 산의 두브 호수로 가는 중이었다. 정상까지는 가지 않을 예정이었기에 햇빛에 대한 예방 조치도 전혀 하지 않은 상태였다. 찬바람이나 뜨거운 햇볕에 피부가 손상되리라는 생각은 미처 못 했고, 눈에 반사된 강한 빛을 겪어본 적도 없었다. 하지만 얼마 지나자 눈이 부셔서 못 참을 지경이었다. 눈밭에 진홍색 반점이 어른거렸다. 구역질이 나고 힘이 빠졌다. 동행인은 눈 위에 주저앉은 나를 놔두고 갈 수는 없다고 했지만, 나는 도저히 목적지까지 가지 못하겠다고 우겼다(그는 아직 겨울 풍경이 남아 있는 호수를 촬영하려고 산에 올랐던 것이다). 결국 나는 그의 검은 손수건으로 눈을 가리고 비참한 어둠 속에서 힘겹게 앞으로 나아갔다. 다행히 얼마 뒤에는 코리의 그늘 아래로 들어갈 수 있었다. 그날엔 얼굴에 심한 화상까지 입어서 이후로 며칠간 안색이 술 취한 사람처럼 보랏빛이었다. 화창한 날씨에도 눈이 내릴 수 있다는 사실만 기억했더라면 그 모든 불편을 피할 수 있었으리라.

그러나 사람을 치명적인 고립 상태로 몰아넣는 것은 그처럼 짧고 기이한 폭풍이 아니라 1월의 거칠고 세찬 눈보라와 아찔한 눈사태다. 그런 날 산에 오르는 것은 바보짓이다. '뒤돌아봤을 때 눈 위에 내 발자국이 보이지 않는다면 더 이상 가지 말라'는 것이 사냥터지기의 철칙이다. 하지만 눈보라가 너무 빨리 불어닥쳐 순식간에 고립되는 경우도 있다. 눈이 며칠씩 내려 움푹 팬 코리에 딴딴한 무더기를 이루었다가 스스로의 무게로 내려앉을 때면, 큰 폭풍이 산 위로 모여들었다가 그 주변으로 퍼져 나가는 광경을 볼 수 있다. 나는 지난 50년 사이 최악이었다는 폭풍이 형성되는 과정을 지켜본 적이 있다. 모론 산중턱에서

바라보니 케언곰 산이 황해에 떠다니는 난파선처럼 소용
돌이치다가 가라앉았다가 떠오르는 듯했다. 하늘과 부서
진 절벽과 돌출부가 한데 뒤섞였다. 난파선의 활대에 이
어 부벽이나 코니스와 구분하기 어려워진 돛대가 한순간
끓어오르는 구름바다에 던져졌다. 바다가 닫히더니 또다
시 열리면서 다른 활대가 언뜻 솟아올랐다. 잠시 연기를
뚫고 나아가던 난파선이 무시무시한 소용돌이와 함께 아
래로 끌어당겨졌다. 잿빛 도는 노란 하늘이 경련하듯 꿈
틀거렸다.

　이 모든 일이 일어나는 동안 내 주위에 눈이라고는 전
혀 없었다. 12월 내내 하얀 눈이 땅을 뒤덮고 있었지만, 새
해 첫 주에 마치 4월 같은 하루가 오면서 눈은 완전히 사
라지고 부드러운 공기 속에 온화한 햇볕이 쏟아졌다. 하
지만 그때 산들 사이로 요란한 바람이 채찍질하듯 휘몰아
치더니 가만히 서서 바라보고 있던 내게로 다가왔다. 잠
시 후에는 바람에 맞서 똑바로 서 있기가 불가능할 정도
였다. 솜털처럼 가볍고 거미줄처럼 섬세한 눈이 바람을
타고 날아왔다. 거의 공기처럼 가볍고 존재감 없어 보였
지만, 이후로 몇 주 동안 땅을 뒤덮을 묵직하고 단단한 눈
더미를 예고하고 있었다.

코리 안에는 빽빽하게 쌓인 눈이 몇 달씩 그대로 남아 있다. 실제로 1932년부터 1934년까지 유난히 더운 여름이 이어지기 전에는 7월에도 단단한 눈 벽이 남아 있었다. 두께가 몇 피트나 되고 코리가 있는 벼랑만큼 높았으며 바위에서 바깥쪽으로 기울어져 그 윤곽을 따라 형성됐다. 그 옛날에는 여름에도 볼 만한 눈이 있었던 것이다. 나는 그것이 만년설인 줄 알고 경외감에 젖어 손을 대보곤 했다. 하지만 1934년 8월이 되자 케언곰 산맥에는 브레이리아흐의 가르브 코레 가장 안쪽에 숨겨진 극소량을 제외하고는 눈이 전혀 남아 있지 않았다. 우리의 눈雪에서 고대가 사라진 것이다.

50년 만에 최악의 폭풍이 닥쳐오면서 눈보라로 인해 체코 공군 다섯 명이 탄 비행기가 벤 아 뷔어드 산에 추락하기도 했다. 엔진 손상 자체는 경미했던 것으로 보아 폭설로 인한 사고가 분명했다.

이 지역의 산들은 눈보라가 내릴 때 가장 위험하다. 눈도 무섭지만 더 무서워해야 할 것은 바람이다. 내가 케언곰을 즐겨 찾은 시기에 그곳에서 죽은 사람들 중(비행기 추락으로 사망한 군인들을 제외하면 12명 정도였다) 네 명이 눈보라로 인해 사망했다. 세 명은 암벽에서 떨어졌는데 그중 하나는 여성이었다. 한 명은 5월에도 꽁꽁 얼어붙어 있던 눈밭에서 미끄러져 죽었다. 이들 모두 젊은이였다. 밖에 나갔다가 실종된 노인 두 명도 있었는데, 그중 한 명은 2년 뒤에 시신이 발견되었다.

눈보라에 갇힌 네 명 중 두 명은 1928년 1월 2일에, 다른 두 명은 1933년의 같은 날짜에 사망했다. 앞의 두 명이 최후의 밤을 보낸 오두막은 당시 버려진 상태였지만, 한때는 내 평생 가장 행복한 시간을 보낸 곳이었다. 1928년 당시엔 살아 있었고 같은 소작지의 작은 집에서 지내던 밀렵꾼 노인 샌디 매켄지가 소년들에게 눈보라를 조심하라고 경고했었다. 나는 지금 매켄지 부인과 함께 벽난로 옆에 앉아 그분이 주름진 손으로 전나무 뿌리 땔감을 만드는 것을 지켜보고 있다. 강풍이 굴뚝 안에서 울부짖고 양철 지붕을 덜컹덜컹 뒤흔드는(부인은 이 집을 '깡통 집'이라고 부른다) 동안 부인은 그날 밤 불었던 바람에 관해 이야기한다. 밤새도록 거세게 불어댔다는 그 철늦은 강풍 소리가 내 귓가에 들리는 것 같다. "당신이 일어나 밖에 나갔더라도 집이 당신을 따라다녔을 거예요." 문간에서 잠자고 밤낮없이 돌아다니는 내 습관을 잘 아는 부인이 이렇게 말한다. 어젯밤 내가 편하게 침낭에 기어들어가서 잤다는

것을 생각하니 문득 그 빈 집 바닥에 누워 있었을 두 소년
이 떠오른다. 지붕이 마구 흔들리고 얼음같이 찬바람이
구석구석 파고들었겠지. 그래도 소년들은 신경 쓰지 않았
을 것이다. 그들이 바랐던 건 오직 머리 위의 지붕뿐이었
으니까. "그리고 소금도요. 그 애들은 소금을 달라고 했
죠." 다시는 지상에서 환대받지 못하게 된 소년들의 기이
하고도 상징적인 요구. 늙어서 흐릿해진 매켄지 부인의
눈이 허공을 응시한다. "그런 눈은 뺨에 떨어지기도 전에
이미 얼어붙어 버리거든요." 부인의 아들 존이 3월에 두
번째 소년의 시체를 발견했다. 그가 웨스트하일랜드 테리
어를 데리고 여러 차례 지나쳤던 눈 더미 속에서. "하지만
그날은 개가 거길 파헤치려고 하더라고요." 존이 내게 말
했다. "뭔가를 찾으려면 그것이 있을 만한 장소를 찾아야
하는 법이죠." 부인이 말하고는 풀무를 가져와 통나무에
불꽃을 일으킨다. "샌디가 산에서 돌아올 때면 그렇게 말
하곤 했어요. 이 세상 모든 꽃 중에서 불꽃이 가장 아름답
다고요." 매켄지 부인이 차를 끓인다. 하지만 부인이 난로
가로 소환한 폭풍은 밤새도록 그 자리에 머무른다.

  1933년의 두 소년은 한겨울에 가끔 있는 기적같이 따
스한 날 케언곰 산을 넘어 에이번 호수 옆 셸터스톤에서

하룻밤을 잤다. 이 지역 아이들이었다. 그해 7월의 어느 화창한 일요일, 우리는 새벽부터 출발하여 아침 내내 텅 빈 산속에 있었다. 그런데 놀랍게도 글렌모어에서 사람들이 줄지어 올라와서(비교적 오르기 쉬운 길이다) 셸터스톤으로 넘어가고 있었다. 산에 오른 사람들을 세어보니 백여 명은 되었다. 그들은 두 소년이 잠든 곳을 보러 왔다고 했다. 많은 사람들의 밤잠을 지켜준 거대한 흔들바위 아래 놓여 있는 방수 덮개를 씌운 일지에 소년들은 남긴 의기양양하고 행복한 기록을 읽으려고. 그날 아침 소년들이 기록을 마치고 길을 나섰을 때 두 번 다시 집으로 돌아가지 못하리라고는 상상도 못했으리라. 그중 한 소년은 산행 경험이 풍부했지만, 그럼에도 바람을 미처 계산에 넣지 못했다. 애버네시 쪽 케언곰 산자락에 있는 도백 마을의 작은 학교 교사가 내게 그날 바람이 어땠는지 얘기해주었다. 다리가 불편한 동생이 자기와 함께 운동장을 걸어가다가 바람에 날아갈 뻔했다고. 그리고 무릎을 꿇고 양손으로 코레 카스를 기어 내려가던 소년들은 안전한 글렌모어까지 겨우 5마일을 남겨두고 더는 바람과 싸울 수 없게 되었다. 두 소년의 시체는 며칠 뒤에야 발견되었다. 발견 현장에 있었던 사람이 소년들의 갈려나간 무릎과 손가락 관절에 관해 이야기해주었다. 손위인 소년의 몸은 여전히 양 손과 두 무릎으로 기어가는 자세로 눈 더미 밑바닥에서 발견되었다. 빛나는 존재들도 그토록 순식간에 파멸하고 마는구나(윌리엄 셰익스피어 『한여름 밤의 꿈』 1막 1장의 구절—옮 긴이). 소년들은 잘못된 판단을 했지만 나로서는 그들을 판단할 수 없다. 산에서는 누구든 스스로를 책임지기로 한 이상 위험을 감수해야 하며, 실제로 위험을 감수하기 전까지는 그 위험의 의미를 이해할 수 없기 때문이다.

공기와 빛

고원의 희박한 대기 속에서는(사실 산속이라면 다 그렇지만) 맑은 공기로 인해 그림자가 유난히 짙고 또렷하다. 견고한 물체처럼 고원을 따라 미끄러지다가 땅 끄트머리를 넘어가면서 일그러지는 비행기 그림자를 보라. 또는 갈색을 띤 분홍색 솜털 같은 흔한 풀포기 하나를 뽑아서 그 뒤에 흰 종이를 대고 동판화로 새긴 것처럼 또렷하고 새까맣게 드리워지는 그림자를 살펴보라. 완벽한 디테일의 기적이다. 심지어 작은 들꽃 송이 속의 섬세한 암술과 수술마저도 꽃잎에 그림자를 드리워 아름다움을 더해준다.

산은 바위와 흙만으로 이루어진 것이 아니다. 공기도

산의 일부다. 모든 산에는 그곳만의 공기가 있다. 산의 색이 끝없이 다양한 것은 이처럼 공기가 각각 다르기 때문이다. 산은 대체로 갈색이지만 공기에 감싸이는 즉시 푸른색을 띤다. 푸르스름한 유백색에서 쪽색에 이르기까지 모든 농도의 푸른색을 볼 수 있다. 산이 가장 화려한 푸른색을 띠는 것은 비가 공기를 적실 때다. 그럴 때면 골짜기는 보랏빛이 되고, 구불구불한 능선 사이로 용담과 델피늄 빛깔이 불꽃처럼 어른거린다.

이처럼 촉촉한 푸른색의 산은 메마른 날의 산보다 더 강렬한 인상을 준다. 청회색은 마음을 움직이지 못하지만 짙거나 연한 보랏빛은 음악처럼 사람을 심란하게 한다. 공기 중의 수분은 익숙한 산의 크기와 거리, 높이를 변모시키기도 한다. 그래서 안개 속에서 고원을 걸을 때 조심해야 하는 것이다. 바위 틈새로 겨우 세 걸음 앞에 단단한 땅이 있는 것을 발견하고 발을 내딛었다가 깊이 2천 피트의 구덩이에 떨어질 수도 있다. 언젠가 산 위에 서서 맞은편 산을 바라본 적이 있다. 산이 어찌나 가까운지 내 코앞에 있는 것처럼 보였다. 한참 바라보다가 눈을 떨구니 놀랍게도 나와 맞은편 산 사이에 있는 호수가 보였다. 원래 그곳에 호수가 있다는 걸 알고 있었는데도 도무지 믿을 수가 없었다. 그만한 공간이 없어 보였으니까. 나는 다시 맞은편 산의 툭 튀어나온 이마를 올려다보았다. 너무나 가까워서 손을 뻗어 만질 수도 있을 것 같았다. 아래를 내려다보니 호수는 여전히 그 자리에 있었다. 모나들리아흐에서의 어느 화창한 봄날도 기억난다. 저 멀리 계곡, 산, 하늘이 모두 희부옇게 빛나는 청회색으로 녹아들어 있었다. 갑자기 머리 위 하늘에 뚜렷한 흰색 선으로 이루어진 형태가 나타나더니 점점 더 뚜렷해져갔다. 분명히 어디선가 본 것 같은 형태였다. 그러다 문득 그것이 아직 눈이 녹지 않고 남아 있는 케언곰 고원 가장자리와 코리임을 깨달았다. 그 앙상한 눈의 골격은 내 짐작보다 훨씬 더 높은 곳에 붕 떠 있는 것처럼 보였다. 이런 효과가 나타난 것은 아마도 산의 중간에 있는 계곡이 부옇게 흐려졌기 때문이리라.

비에 젖은 공기는 입체경을 들여다볼 때처럼 사물이 둥글어 보이게 하는 묘한 힘이 있다. 광선이 공기 중의 습기에 굴절되어 내가 보는 대상의 뒤쪽으로 휘어지는 것이다. 0.5마일 떨어진 산속의 농장 부지와 소를 바라보는데, 내가 직접 볼기를 때리며 소를 몰아 건초더미로 돌아가고 있는 것만 같았다.

안개는 사물을 숨기지만 반대로 드러내기도 한다. 산봉우리라고만 생각했던 곳에 웅덩이와 계곡이 여럿 나타나면서 풍경에 새로운 깊이가 더해진다. 에이니흐 호수 남쪽의 거대한 성벽같이 길게 뻗은 바위산에서는 버팀벽 하나하나가 반다이크 레이스(V 자 형태로 이루어진 전통 레이스 뜨기 패턴―옮긴이)처럼 뚜렷이 도드라진다. 이 넓은 호수 위를 떠도는 옅은 안개의 베일은 태양과 붉은 바위 사이로 흘러가면서 무지갯빛을 띤다.

이곳의 암반은 빨간 화강암이다 보니 떨어져 나오는 장석長石들도 대체로 분홍색을 띤다. 바위, 돌멩이, 자갈 할 것 없이 모두 풍화되어 연회색을 띠지만, 최근에 잘려나간 바위나 물속에 잠긴 바위를 보면 붉은빛이 돈다. 혹독하게 추운 겨울이 지나간 뒤에는 레릭 그루의 강기슭이 붉게 물든다. 곳곳에 집채만 한 바위 덩어리가 떨어져 나간 밝은색 흔적이 보인다. 그 아래를 잠시만 둘러봐도 한쪽 면이 온전한 채로 떨어져 나온 돌덩이나 산산이 부서진 붉은 파편을 발견할 수 있다. 아주 오래 그 자리를 지켜왔지만 이제는 떨어진 돌덩이에 맞아 붉은 흠집이 생긴 검은 바위도 근처에 있을 것이다.

이제 물속을 살펴보자. 브레이리아흐의 베이니 코레는

별로 인상적이진 않다. 사실상 회색 자갈 구덩이일 뿐이다. 하지만 구덩이 속에 흐르는 물줄기가 햇살을 받으면 물 아래 깔린 돌들이 새빨갛게 빛난다. 산비탈을 더 따라가면 나오는 코레 안 로헤인 호수 바닥의 돌들은 옅은 안개가 호수를 뒤덮어도 여전히 강렬하게 반짝여서, 그 깊고 맑은 물 자체가 빛나는 것처럼 보인다. 이 아름다운 호숫가는 테두리가 붉은 돌로 빙 둘러싸여 있어 이끼가 끼지 않는다.

옅은 안개 속에 햇살이 번지면 산은 아련하고 스산한 아름다움을 풍긴다. 하지만 안개가 짙어지면 끔찍하게도 앞이 보이지 않는 길을 걸어야 한다. 그런 두려움과 더불어 나름의 스릴과 결국 길을 잃지 않았다는 뿌듯한 만족감 또한 있긴 하지만 말이다. 길을 잃지 않는 것은 마음의 문제다. 일행 중 누군가가 겁에 질려 잘못된 방향으로 가자고 해도 정신을 차리고 지도와 나침반을 붙잡으며 그 사용법을 되새겨야 한다. 안개 속을 걷다 보면 나 개인의 자제력뿐만 아니라 타인과의 관계에 있어 최선의 상호 작용을 시험하게 된다.

안개가 비로 변해도 아름다움은 여전할 수 있다. 변화하는 안개가 그렇듯 몰아치는 비에도 형태와 움직임의 아름다움이 있으니까. 하지만 아름다움이라곤 없는 비도 있다. 공기와 땅을 온통 눅눅하게 만들고 신체와 정신 양쪽을 침범하는 음울하고 시커먼 비. 그런 비는 목덜미를 적시고 팔을 따라 장화 속까지 들어간다. 그런 비를 맞으면 온몸이 축축해지고 짐의 무게도 두 배로 늘어난다. 갑자기 이 텅 빈 지역의 황량함이 마음에 사무쳐온다. 산은 끔찍한 공간이 된다.

이른 봄의 일정 시기만큼 고원이 황량한 때도 없을 것이다. 구중중하게 더러워진 눈이 닳아빠진 누더기 옷처럼 여기저기 남아 있다. 마침내 그마저도 사라지고 나면 누레진 풀, 빛바래고 썩은 열매, 회색 고깔바위이끼와 지의류가 나타난다. 축 늘어진 이끼는 되살아날 힘을 잃은 듯하고 발로 밟으면 푹 꺼진 자국이 그대로 남는다. 나를 앞서 지나간 사슴의 발굽 자국이 내 발자취 안에 고스란히 남아 있다. 내게는 밟히지 않은 눈보다도 더 서늘하게 느껴지는 광경이다.

그러나 잿빛의 황량한 경치 속에서도 해가 나고 바람이 불면 눈은 갑자기 아름다움의 기적을 감지한다. 땅 위에 떨어진 뇌조 가슴 깃의 솜털이 햇빛을 받았기 때문이다. 빛이 통과하면서 그 덧없고 보드라운 새털이 어찌나 투명하게 반짝이는지! 이런 솜털은 금세 바람에 날려 사라진다.

혹은 칙칙한 계절에 날씨만큼 칙칙한 기분으로 불어난 개울 위 다리에 서 있는데 갑자기 온 세상이 새로워지기도 한다. 시냇물에 잠겨서도 꼿꼿이 선 나무 한 그루에 빛이 드리워져 있다. 단순하지만 우아하게 생긴 나무다. 나뭇가지마다 맺힌 빛의 구체가 물속에서 섬세하게 반짝인다. 다리에서 기어 내려와 주저하며 한 손을 시냇물에 집어넣어본다. 뭔가 축축하고 형체 없는 것이 손에 잡힌다. 다시 물속으로 미끄러뜨리니 곧바로 나뭇가지로 돌아가 빛을 뿜는다. 나는 그것을 꺼내어 곰곰이 살펴본다. 알고 보니 그건 줄기가 네모난 서양고추나물 새싹이다. 서양고추나물 잎은 기름 막을 배출하는 미세한 구멍으로 뒤덮여 물속에서도 스스로를 보호할 수 있다. 마치 반짝이는 한 겹의 빛에 감싸여 시냇물로 뛰어드는 물까마귀 같다. 나는 켈트 신화 속의 '은빛 가지'를 떠올리고, 이렇게 사소한 존재도 마법을 일으킬 수 있다는 데 감탄한다.

폭풍이 몰아치면 대기 중에 숨겨져 있던 불이 깨어난다. 번개, 흔히 '도깨비불'이라고 부르는 전기 섬광, 북극광. 이 외계의 불빛 아래 산은 아득히 멀어진다. 산들은 어둠 속으로 물러난다. 달과 별이 없는 깜깜한 밤에도 산은 눈에 보이기 때문이다. 하늘이 완전히 깜깜할 수는 없다. 구름이 잔뜩 낀 밤이면 하늘은 땅보다 훨씬 환하게 보인다. 가장 높은 산조차도 거대한 밤하늘 아래에서는 낮아지는 듯하다. 번갯불이 번득이면 저 아득한 산들도 잠시나마 한층 가까워 보이리라.

어둠 속에서는 땅에서 나오는 불을 만질 수도 있다. 신발 밑창에 박힌 못이 바위에 부딪히면 불꽃이 발 옆을 맴돌고, 땅에 흘러가는 검은 흙탕물을 건드리면 미세한 인광이 번쩍이기도 한다.

희한하게도 어둠 속을 걷다 보면 익숙한 장소의 새로운 면모를 알게 된다. 전쟁으로 전기가 끊기고 하늘이 흐려 달도 보이지 않던 일주일 동안 나는 밤마다 뉴스 방송을 들으려고 화이트웰에서 어퍼 툴로흐루까지 황무지를 오갔다. 손전등을 가지고 다니긴 했지만 실제로 사용한 것은 단 한 번, 툴로흐루 벌판으로 나가는 문을 도저히 찾을 수 없던 날뿐이었다. 하늘에 우뚝 솟은 소나무 두 그루가 나의 이정표였고, 아무리 깜깜한 밤에도 하늘은 항상 나무보다는 눈에 띄게 밝았다. 길가에 우거진 히스 덤불은 시커멓고 길은 눈에 띄게 하앴으며, 바퀴자국 사이 군데

군데 돋아난 히스는 돌과 다져진 땅 위에서 거무스레해 보였다. 하지만 나는 새삼 내가 그 길을 얼마나 몰랐는지 깨닫고 경악했다. 수없이 지나온 길인데도 이렇게 눈 대신 발에 의지하게 되니 요철이 어디쯤에 있는지, 실개울은 어디쯤 지나가며 어디서 내려와 어디로 내려가는지도 알 수 없었다. 내 눈의 기억력은 훌륭하지만 내 발의 기억력은 형편없다는 사실이 놀라웠다. 나는 어둠 속에서 불안해 하지 않고 느긋이 편하게 걸을 수 있는 성격인데도 길을 걸으면서 자꾸 땅바닥에 튀어나온 바위에 걸려 넘어진다. 맹인으로 살려면 적응력이 필요하다.

어두운 황무지의 가장 높은 곳에 다다르면 온 세상이 사방으로 펼쳐져 나가는 것 같다. 세상 끝에 이르러 막 바깥으로 걸어 나가려는 기분이다. 저 멀리 낮은 지평선 위로 케언곰 산맥의 높은 산들이 두 벌판 사이의 마른 돌 제방처럼 조그맣게 보인다.

눈대중 크기는 습도뿐만 아니라 시야에 보이는 다른 사물과도 관련이 있다. 그래서 낮은 하늘에 새로 떠오른 당당하고 거대한 달(한가위 달이지만 아직 보름달은 아닌) 아래 서면 왠지 산들이 왜소하게 보였다.

생명체: 식물

나는 무생물에 관해, 바위와 물과 서리와 태양에 관해 썼다. 그런 것은 살아 있는 세계가 아니라고 생각하는 사람도 있으리라. 하지만 나는 살아 있는 것들을 창조하는 힘을 통해 그들에게 다가가고 싶었다. 산은 하나이고 분리할 수 없으며, 흙에서 자라나 공기를 호흡하는 것들만큼이나 산에 있어 바위, 흙, 물, 공기도 중요한 요소이기 때문이다. 이 모두가 살아 있는 산이라는 실체의 다양한 측면이다. 풍화되어가는 바위, 대지를 살찌우는 비, 활기를 불어넣는 태양, 씨앗, 뿌리, 새… 이 모든 것이 하나다. 독수리와 꼬리풀은 산이라는 총체의 일부다. 다양한 바위취

중에도 가장 아름다운 종들, 높고 험한 코리의 하천을 한 송이 꽃으로 장식하는 별바위취와 산자락에 부드러운 햇살처럼 무더기로 피어나는 노랑바위취는 산에서 떼려야 떼놓을 수 없다. 눈꺼풀이 눈에서 잘려나가도 제 구실을 할 거라고 기대할 수는 없듯이.

그러나 고원에 무시무시한 돌풍이 몰아칠 때면 거기 생명이 존재할 수 있다는 사실에 감탄하게 된다. 사실 높이로 따지면 그렇게 고지대도 아니다. 식물은 고도 4천 피트를 훨씬 넘는 곳에서도 살 수 있으니까. 하지만 고원에는 피난처가 없다. 있다고 해봤자 넓고 경사진 수로를 따라 낭떠러지로 흘러가는 물줄기 정도다. 어떤 식물이든 광대한 대기에 그대로 노출되어 자라야 한다. 아이슬란드에서, 노르웨이에서, 미국에서, 피레네산맥에서 바람이 불어닥친다. 지표면은 울퉁불퉁하고 편안한 서식 환경이 되어줄 바위나 깊은 협곡은 없다. 하지만 내가 가끔 함께 산책하는 식물학자의 말로는 고원에서 자라는 식물이 20종을 훌쩍 넘으며, 이끼와 지의류와 조류까지 헤아린다면 훨씬 더 많을 거라고 한다. 그는 내가 직접 살펴볼 수 있게 고원 식물 목록을 만들어주기도 했다. 생명이란 좀처럼 포기하지 않는 모양이다.

생명의 끈질김은 산꼭대기뿐만 아니라 히스 덤불을 불태우고 난 산중턱에서도 확인할 수 있다. 그을린 히스 줄기 아래 뿌리가 생명의 자취를 드러내거나 땅속에 숨어 있던 씨앗이 새싹을 틔우기 한참 전부터(히스의 생명력은 서리나 바람은 물론 불처럼 무자비한 자연력도 이겨낼 수 있는 것으로 유명하다) 벌노랑이, 양지꽃, 빌베리, 자잘한 양골담초, 알케밀라가 힘차게 새싹을 틔운다. 이런 산꽃들은 줄기가 가늘고 꽃송이는 연약하여 형언할 수 없을 만큼 섬세해 보이지만, 흙을 조금만 파헤쳐보면 지독하게 끈덕진 뿌리가 드러난다. 이들은 죽은 나무 그루터기나 힘줄처럼 뭉툭하고 끈질긴 뿌리를 통해 땅속에 생명 에너지를 보존한다. 지표면 위로 드러난 부분이 불타고 얼어붙고 시들어 몽땅 사라지더라도, 이 생명의 매듭은 사방으로 퍼져나간다. 산에서 이 꽃들이 피어나지 않는 시기나 계절은 없다. 설사 뿌리가 죽더라도 땅속에는 새로운 생명의 순환을 시작할 준비가 된 씨앗이 남아 있다. 생명이란 천하무적이라는 것을 고원만큼 잘 보여주는 장소도 없다. 모든 것이 적대적인 환경에서도 생명은 주저하지 않는다.

고원 식물은 작달막하다. 바람에 날릴 수 있는 늘어진 말단 부분 없이 땅바닥에 꼭 붙어 있다. 이들은 지표면을

따라 기어가거나 지표면 아래로 기어든다. 또는 지표면
위로 드러난 부분과 달리 크고 묵직한 뿌리로 몸을 단단
히 고정시킨다. 앞서 고원 식물에게는 피난처가 없다고
했지만, 사실 각각의 식물 종은 자기네만의 피난처가 있
다. 고원의 야생화 중에서도 가장 경이로운 이끼장구채
는 결혼식 부케처럼 바싹 달라붙어 자라는 습성이 있으
며, 6월과 7월 초 가장 황량하고도 돌투성이인 장소에 화
려한 분홍색 쿠션처럼 무더기로 피어나 눈을 즐겁게 해준
다. 뿌리가 튼튼하고 깊이 뻗어 허리케인에도 뽑히지 않
으며 서리와 혹독한 가뭄, 메마른 고원의 극단적 기후와
예측 불가능한 날씨 변화로부터 생명의 정수를 지켜낼 수
있다. 이런 면에서 고원 야생화의 중요한 특징은 산을 이
루는 요소이기도 하다. 물이 수로에 속하듯이 이끼장구채
의 삶은 산의 삶에 속한다.

　하지만 화려한 꽃 또한 산의 삶에 없어서는 안 될 존재
다. 꽃무더기 하나하나가 얼마나 오래되었는지는 모르겠
지만, 촘촘하고 커다란 쿠션 모양을 보면 그중 몇몇은 여
러 차례 겨울의 고난을 견뎌냈으리라. 대부분의 산꽃은
여러해살이식물이다. 한 해 만에 생애 주기를 마치는 식
물은 산에서는 결실을 맺기가 어렵고 후손을 남기지 못할

수도 있다. 죽음은 개체뿐만 아니라 종족에 있어서도 골치 아픈 문제다. 하지만 오래 사는 식물이라도 때로는 번식을 할 필요가 있으며, 곤충이 산꼭대기로 날아오는 것은 여름철의 아주 짧은 기간뿐이다. 그래서 이끼장구채는 꽃잎을 화사한 색으로 물들여 파리를 유혹하려 한다.

산 아래쪽, 산비탈과 중턱과 능선과 산기슭 황무지의 특징적 식생은 히스다. 히스 역시 산의 필수 요소다. 화강암 위에서 가장 잘 자라는 만큼 산의 정수가 담긴 식물이라고 할 수 있다. 케언곰 산맥에서는 세 가지 히스 변종이 자란다. 7월에 피는 벨 히스는 가장 수수하게 생겼지만, 산이 여전히 갈색일 무렵 태양처럼 화사한 진홍색 꽃무더기를 자랑한다. 습한 곳에 드문드문하게, 때로는 한 포기씩만 자라는 크로스리브드 히스는 옅은 색에 밀랍으로 만든 꽃처럼 섬세하며 꿀 향기를 풍긴다. 그러나 케언곰 산맥을 자수정 빛깔로 뒤덮는 것은 8월에, 즉 바로 지금 우아하고 온화하게 피어나 있는 칼루나다. 한참을 걸어가도 칼루나의 은은한 빛깔 말고는 아무것도 보이지 않는다. 뜨거운 햇볕 아래 최대한 길을 피해 칼루나 위로 걸으면 (내 어린 친구는 아빠가 자기 뒤를 따라오라고 하자 이렇게 대꾸했다. "난 길 아닌 델 걷는 게 좋아.") 짙은 꽃향기가 뭉게뭉게 풍겨 온다. 무더운 날 하루살이 떼에 둘러싸여 걷듯이 자기만의 히스 향기에 둘러싸여 걷는 것이다. 발이 꽃을 스칠 때마다 꽃가루가 향기로운 구름처럼 피어난다. 꽃가루는 부츠에(맨발로 걷는 경우 두 발과 다리에) 누르스름한 황갈색으로 들러붙고, 만져보면 비단처럼 매끄럽지만 손가락 사이에 미묘한 알갱이를 남긴다. 하지만 이렇게 한참을 걷다 보면 감각이 마비된다. 교회에서 향을 너무 많이 피울 때처럼 예리한 경이감이 무뎌져버린다. 찬미가 최상의 형태로 이루어지려면 격렬한 감정뿐만 아니라 명료한 지성도 필요하다.

케언곰 산맥의 사계절을 사랑하는 사람에게 히스가 가장 좋은 시기는 꽃필 때가 아니다. 히스의 가장 좋은 점은 그저 거기에 있다는 것, 내 발아래 느껴지는 감촉에서 비롯한다. 오랜 금욕 뒤에 히스를 밟으며 걷는 것은 내가 아는 가장 달콤한 기쁨이다.

향 혹은 냄새는 생명이라는 주제와 깊이 연관되어 있다. 냄새란 대체로 생명 활동에서 나오는 부산물이기 때문이다. 때로는 불의 부산물일 수도 있으나, 불 역시 살아 있는 것이나 살아 있었던 것을 먹이로 삼는다. 화학 작용에서도 냄새가 나지만, 산의 죽은 물질이 분해되는 미묘한 화학적 과정은 내 후각으로 감지하기 어렵다. 내가 맡는 냄새는 생명, 즉 동식물의 냄새다. 세상에서 가장 좋은 냄새 중 하나인 향긋한 흙내음도 생명의 냄새다. 흙 속에 사는 박테리아의 활동에서 나오는 것이니까.

식물이 생명을 유지하면서 뿜어내는 냄새도 있다. 그중 일부는 꽃의 꿀 향기처럼 곤충을 유혹하기 위한 것이다. 히스처럼 햇볕이 뜨거울 때 가장 짙은 향기를 풍기는 식물도 있는데, 곤충이 햇볕이 강해지면 떼 지어 밖으로 나오기 때문이다. 하지만 전나무의 경우 향기는 수액이자 생명 그 자체다. 상쾌한 소나무 향기가 폐 구석구석에 파고들면 온몸에 생기가 차오르는 것이 느껴진다. 나는 콧구멍 속의 미세한 솜털을 통해 생명을 들이마신다. 소나무는 히스처럼 햇볕을 받으면 향기를 뿜어내지만 숲지기에게 벌목될 때도 강렬한 냄새를 풍긴다. 산자락에서 자라는 식물 중에는 가문비나무가 톱으로 베일 때 유난히 짙은 향을 내뿜는다. 뜨거운 햇볕 아래 발효 음식처럼 훅 끼쳐오는 냄새다. 딸기 잼을 끓이는 냄새와도 비슷하지만, 코와 목의 점막을 당기듯이 톡 쏘는 맛이 있다.

잎에서 향기가 나는 고원 식물의 대표는 소귀나무다. 이 녹회색 관목은 황새풀과 *끈끈이주걱*, 쥐꼬리풀과 손바닥난초, 조그만 주홍색 꽃을 피우는 지의류와 함께 늪지대에 빽빽하게 자라난다. 향기는 상큼하고 깨끗하며, 야생 백리향과 마찬가지로 짓이긴 잎사귀에서 그 향이 가장 짙게 난다.

또 다른 관목인 노간주나무는 은밀한 향기를 숨기고 있다. 군데군데 말라 죽어가는 이상한 습성이 있는데, 죽은 가지를 부러뜨리면 향신료 냄새가 난다. 나는 몇 달씩 노간주나무 가지를 갖고 다니면서 이따금씩 다시 부러뜨려 그 향기를 되살리곤 한다. 이 마른 나뭇가지는 비에 젖지 않는 매끄러운 회색 껍질로 감싸여 있다. 숲속의 모든 전나무 가지가 축축해지는 가장 습한 계절에도 노간주나무는 바싹 메말라 열기를 내며 타오른다. 스콘을 구울 때 땔감으로 이보다 더 좋은 나무는 없다. 이미 피워진 불에 집어넣는 낙엽송 잔가지를 제외하면 말이다. 한번은 나지막한 노간주나무 덤불 사이를 지나가기 전에 그 위에 쌓인 눈 더미를 쓸어내다가 겨울 공기 중에 퍼지는 먹음직스러운 향기에 깜짝 놀랐다.

낮은 산비탈에서 자라는 또 다른 나무인 자작나무는 비가 와야 향기를 내뿜는다. 묵직하고 오래된 브랜디처럼 감미로워서 습하고 무더운 날이면 흠씬 취해버릴 것 같은 냄새다. 그 향기는 감각 신경에 작용하여 두뇌를 어지럽히고, 머리로 파악할 수 있는 종류가 아닌 이유로 사람을 흥분시킨다.

자작나무는 잎이 무성할 때 가장 덜 근사하다. 새로 돋아난 잎사귀가 녹색 불꽃처럼 아른거리며 반짝일 때 가장 아름답고, 얼마 안 남은 이파리를 황금빛 레이스처럼 매달고 앙상히 야위어갈 때 가장 사랑스럽다. 기울어가는 햇살에 비친 잔가지들은 비단실로 자아내고 빛으로 빚어낸 것처럼 반짝인다. 그렇지 않을 때면 자작나무는 보랏빛을 띤다. 자작나무에 수액이 오르면 보랏빛이 더욱 짙어져서, 산비탈에 선 자작나무를 언뜻 보고 한순간 꽃이 핀 히스 덤불로 착각한 적도 있다.

보랏빛으로 물결치는 자작나무 사이에 드문드문 섞인 마가목은 생기가 없어 보인다. 헐벗은 마가목 가지는 은은한 회백색이라서 겨울 햇살을 받으면 유령처럼 섬뜩하다. 마가목의 절정기는 10월로, 붉고 주렁주렁한 열매도 예쁘지만 피처럼 붉은 단풍잎이 시선을 끌어당긴다. 이 무렵의 마가목은 악령을 물리치는 힘이 있는 '거룩한 소생의 나무'로 여겨진다. 마가목은 자작나무와 전나무 숲 속 곳곳에 한 그루씩 서 있는데, 때로는 협곡의 물가에서 홀로 자작나무나 전나무보다 더 크게 자라기도 한다.

케언곰의 10월은 알록달록하다. 6월보다 훨씬 찬란하고 8월보다 더욱 강렬하게 타오르는 계절이다. 낮은 비탈에 선 금빛 자작나무와 고사리, 짙푸르거나 진갈색이거나 불그스름한 이끼, 빌베리와 크랜베리와 시로미 등 열매를 맺는 관목까지 히스 뿌리 사이에 사는 모든 덩굴식물과 초목이 다채로운 색을 자랑한다. 빌베리 잎의 선명한 진홍빛은 1914년 전쟁 중 벌목된 전나무 그루터기마다 빌베리 덤불이 우거진 로디무르후스 숲에서 최고의 장관을 이룬다. 10월이면 황무지 전체에서 뾰족한 불꽃이 무수히 위로 타오르는 것처럼 보인다.

이 숲은 1920년 초여름에 진짜 화재를 겪은 바 있다. 어느 사냥터지기에게 들으니 불이 번지지 않게 동료 40명이 열흘 밤낮으로 보초를 서며 지켰다고 한다. 그래도 밤이면 불기둥처럼 타오르는 나무줄기들이 보였다는 것이다.

이 드넓은 소나무 숲은 이제 거의 사라져버렸다. 하지만 산으로 이어지는 협곡에는 옛 칼레도니아 숲의 자취일지도 모르는 아주 오래된 전나무 몇 그루가 남아 있다. 에이니흐 계곡에는 여전히 산 너머의 발로흐부이 숲만큼 오래된 나무들이 서 있다. 안 에일레인 호숫가에는 거대하고 유서 깊은 구주소나무가 흩어져 있는데, 나무 둘레가 내 팔(긴 편이다) 길이의 2.5배이며 나무껍질 조각은 길이가 1.5피트에 웬만한 책만큼 두껍다. 길 위로 흙이 씻겨 내려간 곳에 드러난 나무뿌리는 우리에 갇힌 뱀들처럼 서로 뒤얽혀 배배 꼬여 있다. 여기저기서, 특히 에이니흐 호수 어귀의 수문 옆에서 늪지에 반쯤 잠긴 채 죽은 지 오래된 나무뿌리를 여럿 볼 수 있다.

다른 호수들이 그렇듯 에이니흐 호수의 수문도 18세기 후반까지 거슬러 올라간다. 오래된 숲마다 벌목꾼들의 도끼 소리가 울려 퍼지던 시절이었다. 벌목이 끝나면 수문이 열리고 통나무가 급류를 따라 스페이 강으로 흘러갔다. 엘리자베스 그랜트Elizabeth Grant of Rothiemurchus가 쓴 『하일랜드 숙녀의 회고』*Memoirs of a Highland Lady*는 어린 시절의 기억을 생생하게 묘사하고 있다. 목재가 돈벌이 수단으로 여겨지면서 벌목이 시작될 무렵 여러 하천에 소규모 제재소가 세워졌다. 제재소라고 해도 톱과 요리하고 잠잘 곳, 옥수수 텃밭이 있는 작은 공터가 전부였다. 하지만 곧 목재를 모두 스페이 강 하류로 흘려보내고 거기서 대강 뗏목을 만들어 포하버스와 가르무흐까지 띄워 보내면 수익성이 더 높아진다는 게 밝혀졌다. 이제 오래된 제재소들의 존재는 잊혔다. 오늘날에는 필요할 때마다 트럭과 제재소와 온갖 기계가 나타나 하나의 마을을 만들고, 그곳에 현지인이 아닌 외부인들이 들어와 나무를 베고 쓰러뜨리고 다듬는다. 그래도 토박이 주민이 키우는 토종말을 사슬로 묶어 접근하기 어려운 외진 곳에 쓰러진 통나무를 끌어내린 다음 밤사이 황무지 변두리의 오래된 농장으로 돌려보내는 옛 방식은 아직 도처에 남아 있다.

숲의 첫 번째 대규모 벌목은 영국산 목재가 시급히 필요했던 나폴레옹과의 전쟁 중에 일어났다. 한 세기 후에도 같은 일이 일어난 것을 우리는 목격한 바 있다. 1914년에 그랬고 1940년에는 더욱 심각했다. 후대의 나무는 선대의 길을 따라갔다. 나무야 도로 자라겠지만 땅의 상처는 한참 남아 있을 것이고, 도가머리박새나 수줍은 노루와 같은 동물들은 달아날 것이다. 특히 희귀동물이자 이 숲의 자랑인 도가머리박새를 생각하면 가슴이 아프다.

이 매력적인 박새를 관찰하고 싶었지만 실패했다는 사람이 많다. 하지만 도가머리박새가 출몰하는 장소만 안다면(이 책에 밝히진 않을 것이다) 나무줄기에 가만히 기대 서 있기만 해도 쉽게 불러낼 수 있다. 나뭇가지 흔들리는 소리와 작은 노랫소리를 듣고 박새에게 다가가려 하면 금세

한 마리도 남김없이 사라져버릴 것이다. 그러나 가만히 서 있으면 새들은 1, 2분 만에 사람의 존재를 잊고 코앞에서 이 가지 저 가지로 날아다닐 것이다. 내 눈앞에서 한 발자국도 안 되는 곳까지 왔다가 돌아서는 도가머리박새를 본 적도 있다. 하지만 알을 품는 시기에는 이 새들도 어부 아낙네들처럼 성질을 내며 큰 소리로 우짖는다. 나는 도가머리박새 한 쌍에게 심한 꾸지람을 듣고 머쓱해진 나머지 곧바로 그들이 있던 나무 곁을 떠난 적도 있다.

호수의 오래된 수문이 열렸을 때 물살이 얼마나 거세게 흘러내렸을지 실감한 것은 여든 살 난 노부인에게 한때 수문을 활용해 밀주 단속원을 속였다는 얘기를 듣고서였다. 언젠가 베이니 강 건너 카른 엘릭 아래의 오지에서 길을 잃은 적이 있다. 이곳에서 어떤 사람이 위스키를 밀조했는데, 세금 징수원이 온다는 말을 너무 늦게 들은 나머지 위스키를 숨길 시간이 촉박했다. 사실 그는 소식을 들었을 때 증류기보다도 수문에 가까이 있었고, 그래서 수문 쪽으로 가기로 했다. 볼일이 있는 하일랜드 사람 특유의 잰걸음으로 정신없이 발을 놀리는 그의 모습이 눈앞에 선히 그려질 듯하다. 그리하여 세금 징수원이 왔을 때는 거친 물살이 그와 밀조 위스키를 갈라놓고 있었다. 적어도 그날은 물을 건널 수 없었을 것이고, 아마 다음 날도 마찬가지였으리라.

산비탈 높은 곳에서 말라 죽은 소나무 고목을 보면 과거에는 숲이 현재보다 더 높이까지 퍼져 있었음을 알게 된다. 하지만 여기저기 바람에 날리거나 새가 떨어뜨린 씨앗이 싹트면서 원래의 숲보다 훨씬 높은 곳에서 자라난 소나무도 있다. 이런 예외를 보면 소나무의 적응력이 얼마나 놀라운지 깨닫는다. 소나무는 마법사처럼 필요에 따라 형태를 바꿀 수 있다. 내가 아는 나무 하나는 고도 2,900피트 정상에서 몇 걸음 떨어진 곳에 단단히 뿌리를 내린 채 산자락 전체에 퍼져 나갔다. 너비 3피트에 높이 5인치를 넘지 않는 로제트 형태에 가까운 구조로 메마른 땅에 달라붙어 떨어지지 않는 것이다. 앞으로 얼마나 더 커질지, 또 어떤 방향으로 뻗어갈지 관심을 기울여 지켜봐야겠다.

죽은 전나무 뿌리는 나무가 죽고 나서도 오래 흙 속에 남아 세상에서 가장 좋은 불쏘시개가 된다. 나는 종이를 불쏘시개로 쓰는 사람이나 불을 붙이는 데 성냥이 한 개비 이상 필요한 사람을 경멸하는 노부인 두 분을 알고 있다. 둘 다 여든을 훌쩍 넘겼고 혼자서 산다. 한 분은 스페이 강 쪽에, 다른 한 분은 디 강 쪽에 살면서 황무지에서

캐낸 전나무 뿌리를 집까지 질질 끌고 와 잘게 쪼갠다. 두 분의 소박한 집을 방문했을 때 난롯불이 꺼지면 다음과 같은 과정을 지켜볼 수 있다. 딱딱하고 주름진 갈색 손가락으로 송진이 진득한 뿌리를 피라미드처럼 쌓고, 양동이에 담긴 우물물을 컵으로 퍼서 찻주전자를 채우고, 장대에 매달아 타오르는 나뭇가지 위에 내거는 것이다. 그러다 보면 대화가 무르익기도 전에 어느새 차가 끓고, 갈색 도기 찻주전자의 주둥이가 깨져 있기라도 하면("내 찻주전자 이가 빠져서요.") 난롯불에 찻물이 튀어 재와 증기가 이리저리 날린다. 그것을 신에게 바치는 잔이라고 부를 수도 있고 구정물이라고 부를 수도 있겠지만, 그런다고 차 맛이 떨어지거나 대화의 재미가 덜해지지는 않을 것이다.

히스 아래 땅바닥에 붙어 있어 눈에 띄지 않는 식물 중에서도 나는 특히 사슴이끼에 애착을 느낀다. 딱딱하게 매듭진 종류가 아니라 흔히 '두꺼비꼬리'라고 불리는 보송보송한 종류다. 내가 어릴 때 아버지가 사슴이끼 채취하는 법을 가르쳐주셨다. 히스 위에 드러누운 채 손가락으로 덩굴 줄기와 잔가지를 일일이 더듬어 구분하고 잔뿌리 하나하나를 조심스럽게 떼어내는 방법이다. 그러다 보면 두툼하고 길이가 몇 야드나 되는 사슴이끼 한 그루를 채취할 수 있었다. 아이에게 가르치기 좋은 기술이었다. 당시엔 미처 몰랐지만 나는 내 손가락을 통해 성장의 비밀을 배우고 있었던 것이다.

산은 절대로 그 비밀을 알려주지 않지만, 인간은 서서히 비밀을 해석하는 법을 배워나간다. 관찰하고 숙고하고 끈기 있게 사실과 사실을 더한다. 이끼장구채의 '강력한' 뿌리와 작은 좁쌀풀이 양분을 쉽게 찾기 위해 풀의 내부로 뻗치는 잔뿌리에서 힌트를 찾는다. 성장의 비밀은 땅이 메마르는 시기에 대비하여 풍요로움을 저장하는 돌나물과 괭이눈의 청록색 다육질 잎에 있다. 늪지 주위에 매끄러운 황새풀 잔털이 흩날리듯 고원 주위로 부드러운 솜털을 흩날리는 작디작은 버드나무에 있다. 바람을 피해 산을 등지고 자라며 장밋빛 빛깔로 희귀한 곤충을 유인하고 히스처럼 화강암 위에서 잘 자라는 초소형 진달래에 있다. 대부분의 희귀종 산꽃은 화강암으로는 만족하지 못하고 줄무늬 석회암이나 부엽토가 풍부한 운모편암을 선호하지만, 그중에도 가장 진귀한 고산황기는 케언곰 산맥의 딱 한 지점에서 찾아볼 수 있다. 라벤더색 테두리가 있는 고산황기의 희고 섬세한 꽃에는 검은색과 붉은색의 알락나방이 자주 찾아든다. 알락나방이 왜 그리 고산황기

꽃을 좋아하는지는 밝혀지지 않았으나, 이 꽃이 없으면 알락나방도 없다는 건 확실하다. 습하고 바람이 거세며 해가 나지 않아 나방을 보기 어렵겠다 싶은 날에도 고산 황기 덤불에서는 화려한 알락나방을 여러 마리 잡을 수 있었다.

토양, 고도, 날씨, 식물과 곤충의 생체 조직이 이루는 복잡한 상호 작용(끈끈이주걱과 벌레잡이제비꽃이 곤충을 잡아먹는 순간처럼 놀라운 순간들을 포함하여)을 더 자세히 알아낼수록 신비는 더욱 깊어져간다. 지식은 신비를 없애지 못한다. 과학자들은 스코틀랜드의 고산 식물군이 북극에서 기원했다고 말한다. 이 작고 드문드문한 식물들은 빙하기를 견뎌냈으며 영국에서 빙하기보다 오래된 유일한 식물이다. 하지만 그런 말로는 이 식물들을 설명할 수 없다. 고작해야 시간이 변수에 포함되는 새로운 차원을 부여할 뿐이다. 나는 내가 과학자 친구들에게 순진한 믿음을 품고 있었음을 깨달았다. 그들은 정말 유쾌한 친구이고 나에게 쓸데없이 거짓말하지도 않을 것이다. 그들의 이야기는 세상을 한층 흥미롭게 만든다. 하지만 나의 상상력은 바로 이 지점에서 흔들린다. 나는 바위의 과거를 상상할 수 있지만, 살아 있는 꽃의 과거는 상상하기가 더 어렵다. 천사

같은 꽃 아래 악마적인 뿌리를 지닌 산꼭대기의 강인한 친구들이 겨울뿐만 아니라 빙하기마저 속일 만큼 교활하고 대담하다는 의미니까. 과학자들도 어떻게 그럴 수 있었는지 모르겠다고 겸손하게 인정한다.

생명체: 새와 동물과 곤충

내가 고원의 여름을 최초로 느낀 것은(나는 6, 7월에 고원 탐험을 시작했음에도 구름, 안개, 휘몰아치는 바람, 우박, 비, 심지어 눈보라와 맞닥뜨려왔다) 햇볕이 내리쬐고 공기가 향기로웠던 날이었다. 산 바깥쪽을 향한 절벽 가장자리에 서 있던 우리는 문득 뒤에서 들려온 피용 소리에 깜짝 놀랐다. 뭔가 거무스름한 것이 아찔하게 빠른 속도로 내 머리를 스쳐 지나갔다. 내가 도로 균형을 잡기도 전에 그것이 적막한 대기를 뚫고 휘파람 소리를 내며 되돌아오더니 회오리를 일으키며 내 주위를 맴돌았다. 이번에는 나도 똑바로 마주할 준비가 되어 있었기에, 거대한 곡선을 그리며 고원 가장

자리를 휩쓸고 암벽 표면으로 떨어져 내렸다가 다시 물줄기처럼 솟구쳐 오르는 칼새를 볼 수 있었다. 나더러 산에서 칼새를 볼 수 있을 거라고 말해준 사람은 아무도 없었다. 독수리와 뇌조라면 또 모를까. 하지만 벼랑 끝자락에서 몇 번이고 즐겁게 날아오르는 날렵한 새들을 처음 본 순간 전율과 기쁨에 휩싸여버렸다. 고작 파리 몇 마리를 잡겠다고 그처럼 빨리 날아오르며 신나게 소용돌이를 일으키다니! 새들의 목적과 행동 간의 괴리에 나는 큰 소리로 웃음을 터뜨렸다. 오랫동안 춤을 추고 나면 느껴지는 것과 같은 해방감이 솟아났다.

단지 날아가는 움직임을 지켜보는 것만으로 인체가 대리 만족과 나아가 해방감을 느낀다는 것이 이상하게 느껴질 수 있다. 움직임이 어찌나 빠른지 심장 고동도 더 빨라지는 것 같다. 산 정상에서 칼새를 지켜보던 때만큼 비행의 힘을 실감한 적이 없다. 눈으로 보기만 해도 감정이 이입되어 실제로 새들과 함께 나는 것처럼 느껴진다. 칼새가 머리부터 똑바로 날아오르며 그리는 놀라운 곡선, 쉿 하고 공중을 가르는 날갯짓 소리, 이따금씩 들려오는 높고 비현실적인 울음소리는 산의 자유롭고 거친 정신의 정수를 보고 들을 수 있게 구현한 듯하다.

독수리의 비행은 첫눈에는 칼새만큼 흥미롭지는 않지만 더 깊은 만족감을 준다. 독수리는 거대한 나선형을 그리며 날아오른다. 그 움직임은 드넓은 하늘 위로 대칭을 이루는 소용돌이를 천천히 쌓아올리는 것처럼 보인다. 그렇게 소용돌이의 정점까지 올라가면 수평비행을 시작하는데, 숨 쉬듯 느긋하고도 민첩하게 똑바로 날아 우리의 시야에서 사라져간다. 날개는 거의 움직이지 않으며, 자전거로 완만한 경사면을 내려갈 때 한두 번만 페달을 밟듯이 가끔씩 퍼덕일 뿐이다. 공중에 떠가는 독수리는 스스로의 견고한 힘으로 떠 있는 것처럼 보인다. 하지만 독수리가 맞바람을 안고 떠 있다는 걸 알고 나서야 그 힘이 얼마나 강력한지 실감하게 된다. 온 세상이 새하얗던 1월, 고도 2,500피트에 서 있다가 나보다 한참 아래에서 강 상류로 거슬러 먹이를 찾는 독수리를 본 적이 있다. 독수리는 곧바로 바람 속으로 날아갔다. 위에서 내려다본 두 날개는 살짝 기우뚱하긴 했지만 결코 흔들리진 않았다. 그렇게 독수리는 의식적인 긴박감과 힘 있는 존재다운 위압감을 뿌리며 날아갔다.

독수리의 강인한 날개와 꾸준하고 흔들림 없는 비행을 목격한 어느 항공 감시대원은 흥분하여 이렇게 외쳤다(내 친구 제임스 맥그리거에게 들은 이야기다. 감시 초소는 그의 땅에서도 가장 높은 곳에 있었다고 한다. 그리고 내가 아는 한 스코틀랜드에서 맥그리거네보다 더 고지대에 있는 농장은 없다). "저기 식별 불가능한 비행기가 있는데요! 대체 뭘까요?" 맥그리거는 흘낏 보고 이렇게 대꾸했다. "골든 이글(Golden Eagle, 검독수리 — 옮긴이)이라고 하던데요." "그런 비행기 이름은 처음 듣네요." 감시대원이 본 것이 비행기가 아니라 새라고 말해줘도 그는 좀처럼 믿지 못했다고 한다. 나 또한 바로 오늘 아침 독수리 서식지에서 50마일 떨어진 로어디사이드의 우리 집 정원에서 하늘 높이 흰 구름 아래 비행기 세 대가 서로 맴도는 광경을 보고 깜짝 놀라며 "독수리잖아!"라고 외쳤으니 말이다.

세턴 고든 씨의 주장에 따르면 검독수리는 특히 공기가 잔잔할 때 느릿느릿 둥지에서 날아오른다고 한다. 나는 단 한 번도 보지 못한 광경이다. 운이 없었기 때문이라고 말할 수 있다면 좋겠지만, 둥지에서 날아오르는 독수리를 보기 위해 필요한 것은 그보다도 부지런함과 인내심이다. 둥지 가까이서 날아올라 근처의 히스 덤불에 내려앉았다가 조금씩 날아가기를 반복하는 독수리를 본 적은 있지만 그렇게 인상적인 광경은 아니었다. 인간의 눈을 사로잡는 것은 힘찬 비행이다. 비행이야말로 바람의 동력을 새의 목적과 연결하는 힘이며 그래서 바람이 거셀수록 새도 더 힘차게 난다는 것을 알려면 어느 정도 시간이 걸린다. 하지만 그 사실을 알고 나면 이끼장구채가 그렇듯 독수리 또한 산에 필수적인 요소임을 깨닫게 된다. 독수리가 자신의 힘을 극한까지 발휘할 수 있는 곳은 바람이 가로지르는 이 황량한 국경 지대뿐이기에.

검독수리를 가까이서 보려면 지식과 인내가 필요하지만, 가끔은 그런 경험이 선물처럼 주어지기도 한다. 한번은 내가 산꼭대기에 다다르자마자 쌓여 있던 돌무더기 뒤에서 독수리 한 마리가 솟아올라 머리 위로 거대한 원을 그리며 날아갔다. 새들의 제왕을 그렇게 가까이서 바라본 것은 내 평생 처음이었다. 레릭 바위산의 브레이리아흐 쪽 벼랑 끝에 있다가 햇살을 받아 황금빛으로 반짝이며 저 아래쪽에서 날아오르는 독수리를 본 적도 있고, 산비탈 근처에서 자기 발밑의 무언가에 정신이 팔린 독수리를 본 적도 있다. 하지만 독수리에게 접근하려면 오랜 시간과 요령이 필요하다. 어느 봄날 오후, 레릭 고갯길 끝자락의 스페이 강 쪽 마지막 숲속에서 박새들이 날아다니는 걸 지켜보고 있는데 문득 옆에서 누군가의 목소리가 들려왔다. "이 길이 벤 맥두이 산 방향 맞나요?" 내려다보니 열한 살쯤 된 부랑아 소년이 눈에 들어왔다. 내가 "혼자 올라가게?"라고 묻자 아이가 "저기 일행이 있어요"라고 대답했다. 돌아보니 내 뒤에 있던 두 번째 소년이 보였다. 창백한 얼굴은 여드름투성이였고 호리호리한 몸에 온갖 장비를 짊어지고 있었다. 양쪽 다(발육이 부진해 보이는 쪽도) 열아홉 살 먹은 철도 노동자였고, 검독수리 사진을 찍으며 일주일의 휴가를 보내려고 맨체스터에서부터 먼 길을 왔다고 했다. "어디로 가면 검독수리를 찾을 수 있는지 알려주시겠어요?" 내가 검독수리를 본 몇 번의 경험을 얘기해주자 "혹시 독수리 사진도 찍은 적 있으세요?"라는 질문이 돌아왔다. 알고 보니 두 말라깽이 소년들은 책도 여럿 읽은 터였다. 독수리에 관한 책은 손닿는 대로 전부 읽었고, 스코틀랜드는 처음이지만 레이크 디스트릭트(영국 북서부의 호수가 많은 산악 지역―옮긴이)를 걸은 적은 있다고 했다. "이 지역은 그곳보다 훨씬 넓단다." 나는 소년들에게 충고했다. "벤 맥두이 산은 내일로 미루렴. 하루 종일 걸릴 테니까." 문득 갤러웨이에서 만난 양치기 노인이 떠올랐다. 내가 메릭 산에 오르려면 어느 길로 가야 하는지 묻자 노인은 나를 쳐다보며 이렇게 말했다. "거기 올라가본 적이 없구면? 댁이 지금 뭘 하려는지 알고는 있나?" "그 산은 아직 안 가봤지만, 그래도 케언곰 산맥을 구석구석 돌아 다녔는걸요." "뭐, 케언곰이라고?" 노인의 대꾸와 웃기지 말라는 몸짓이 오히려 내 오기를 북돋웠던 기억이 났다. 그래서 나는 소년들에게 이렇게 말했다. "네다섯 시간만 지나면 깜깜해질 테니까, 오늘은 벤 맥두이 산에 오르지 마. 지금 가는 길로 계속 가서 폴스 오브 디를 구경하렴. 거기서 모퉁이를 돌아가 웅장한 가르브 코레 강을 봐도 좋겠지." "거기에도 절벽이 있나요?" 소년들은 이렇게 물었고, 자기네가 이 지역에 온 것은 검독수리 사진을 찍기 위해서라고 거듭 말했다. 그 뒤로는 두 번 다시 그 애들을 보지 못했다. 내 충고대로 그날 벤 맥두이 산에 올라가지 않았기를 바랄 뿐이다. 검독수리 촬영은 포기하라고 말릴 생각은 하지도 않았다. 독수리가 알아서 톡톡히 교훈을 주었을 테니까. 하지만 나는 소년들이 마음에 들었다. 그 애들이 독수리를 볼 수 있었기를 바란다. 그들의 지식과 열정은(어설픈 지식이긴 했지만) 초심자의 모범이 될 만했다.

독수리, 송골매, 붉은사슴, 산토끼와 같은 산지 동물들은 상상을 초월할 정도로 날렵하다. 이들이 날렵한 것은 지극히 실용적인 이유에서다. 산에서는 식량이 희귀한 만큼, 광활한 지역을 빠르게 이동할 수 있는 동물만이 생존을 기약할 수 있다. 빠르고 광범위하며 힘찬 움직임은 산에서 실제로 필수적이지만, 이 동물들의 우아함은 필요에 따른 것이 아니다. 혹은 우아함이 필수적이라고 본다면(급강하, 포물선, 화살처럼 날아가는 발굽과 날개가 기능적 필요를 엄밀하게 충족하기 때문에 아름다운 것이라면) 산의 완전성이 더욱 분명히 입증되는 셈이다. 아름다움은 우연한 것이 아니라 본질이 된다.

힘찬 비행을 보여주는 또 다른 새가 있다. 절벽이 아니라 고원에 출몰하는 작고 수수한 흰눈썹물떼새다. 여름날 비탈진 고원을 헤매다 보면 물떼새 특유의 울음소리가 귓가에 들려오지만, 잠시 멈춰 서서 주위를 둘러봐도 새는 보이지 않는다. 소리가 난 쪽으로 살며시 다가가 보자. 얼마 후 새가 한 마리, 그리고 또 한 마리 느리게 날아오르다가 다시 땅으로 내려와 작은 회색 쥐처럼 웅크린 채 달려갈 것이다. 모양도 움직임도 색도 쥐를 닮아서 선명한 흑백의 머리, 빛나는 가슴, 하얀 꼬리 깃털만 아니면 착각할 법하다. 잠시만 가만히 있으면 새들은 금세 인간의 존재를 잊어버린다. 한번은 특정한 목적지로 가는 정식 등산로를 벗어났다가 흰눈썹물떼새가 알을 품거나 날아가기 위해 모여드는 어느 비탈길에 이르렀다. 떼 지어 달리다가 잠시 멈추었다가 또다시 달리는 모습이 그저 흔한 집오리처럼 보였지만, 이 수수한 새들은 가을이 되면 아프리카까지 쉬지 않고 날아간다.

뇌조 역시 고원 높은 곳에서 알을 품지만 철새가 아니라 텃새다. 뇌조를 위한 아프리카행 항공편은 없다. 혹독한 한겨울 동안 뇌조는 눈처럼 하얗게 털갈이를 한다. 대체로 자기가 태어난 곳에 머물지만 좀 더 낮은 산비탈로 내려가기도 한다.

뇌조, 흰멧새, 산토끼처럼 눈에 띄지 않게 새하얀 겨울옷을 입는 동물들이 도리어 산에 속아 넘어갈 때도 있다. 산에 눈이 오기도 전에 털갈이를 하는 경우다. 푸른 애기풀 꽃이 남아 있는 섣달 그믐날에 진회색 둑 위에서 눈에 확 띄는 흰 담비를 보는 것이 놀라운 일은 아니다. 온통 회갈색인 세상에서 유일하게 하얀 바위 옆에 똑바로 선 채 헛되이 자신을 '숨기려' 하는 산토끼보다 더 우스꽝스러운 자연 풍경도 드물다. 눈 위를 달려가는 흰 토끼도 우리와 태양 사이에 놓이면 우스꽝스러울 수 있다. 익살맞고 기괴하며 다리만 길고 앙상한 그림자가 토끼를 완전히 다른 모습으로 바꾸어놓기 때문이다. 하지만 태양이 우리

뒤에서 달려가는 산토끼를 정면으로 비출 때면 두 귀와 까맣고 가느다란 윤곽선만 보인다. 눈 쌓인 들판을 달리는 산토끼는 눈밭을 벗어나 하얗게 빛나기 전까지 전혀 눈에 띄지 않을 것이다. 분지에 불쑥 들어섰다가 갈색 산비탈을 가로질러 연기가 피어오르듯 줄줄이 도망치는 흰토끼를 스무 마리까지 헤아린 적도 있다.

반면 사슴은 눈 속에서 선명히 두드러진다. 온 세상이 새하얄 때 산중턱에 올라가면 천 피트 아래에서 먹이를 찾는 사슴 떼의 새까만 얼룩무늬가 뚜렷이 눈에 들어온다. 하지만 사슴은 송골매나 독수리를 피해 숨을 필요가 없다. 실제로 겨울과 이른 봄에 사슴의 털가죽은 눈 진창이나 메마른 히스, 노간주나무, 바위와 같은 회색빛을 띤다.

뇌조는 텃새지만 그래도 힘차게 날개를 움직일 수 있다. 뇌조가 깜짝 놀라 날아오를 때면 날갯짓이 어찌나 빠른지 하얀 날개의 형체가 흐려지고 몸을 에워싼 후광처럼 보인다.

사냥감이 되는 모든 새가 그렇듯 뇌조도 날개가 부러진 척하며 새끼에게 접근하는 침입자를 유인한다. 나도 여러 번 속임수에 당해서 이젠 어미 새를 알아볼 자신도 없지만, 그래도 항상 열심히 새끼들의 행동을 지켜본다. 브레이리아흐 산꼭대기 가까이에서 어미 뇌조 한 마리가 날아오르는 바람에 멈춰 선 적이 있다. 곧이어 또 한 마리가 날아올랐다. 나는 주위를 둘러보며 새끼들을 찾기 시작했다. 3피트 떨어진 곳에 한 마리, 좀 더 가까이 한 마리, 그리고 또 한 마리. 내 시선은 점점 더 내 몸 가까이로 좁혀졌다. 내 발치에서 2인치도 떨어지지 않은 곳에 아기 뇌조 한 마리가 있었고, 그로부터 1, 2피트 안에 일곱 마리가 웅크리고 있었다. 다들 나무를 깎아 만든 것처럼 꼼짝달싹하지 않았다. 나는 한참을 그대로 서 있었다. 내가 움직이지 않는 이상 새들도 움직이지 않았다. 하지만 결국 나는 아기 새 하나를 어루만지고 싶다는(항상 그러지 않으려고 노력하지만) 강렬한 유혹에 굴복하고 말았다. 내가 발 바로 옆에 있던 새를 향해 몸을 굽히자마자 일곱 마리 모두가 찍찍거리며 사라졌다. 방금 전까지의 조각 같은 부동성과는 놀랍도록 대조적인 시끄럽고 볼품없는 아수라장이었다.

산꼭대기 주변의 가장 험준한 바위에는 흰멧새가 둥지를 틀고 있다. 척박한 보금자리로 인해 이 작은 새의 섬세하고도 완벽한 노랫소리와 생김새가 오히려 돋보인다. 암울한 바위 요새가 상상력마저 압도하는 지극히 외지고 황량한 협곡에 잠시만 가만히 앉아 있어보라. 바로 옆에서 흰멧새 한 마리가 믿기 어려울 만큼 달콤하게 노래할 것이다. 태양이 코리에서 아침 안개를 걷어내는 맑은 여름날 아침 일곱 시쯤 고원의 돌밭에 앉아보라. 작은 흰멧새들이 바람에 날려 공중에서 소용돌이치는 돌멩이처럼 돌무더기 위로 오락가락하는 광경은 웬만한 탐미주의자도 만족할 만큼 사랑스럽다. 주의 깊게 살펴보면 여남은 마리 중 둘은 수컷이고 나머지는 이들의 새끼임을 알 수 있다. 두 암컷은 이미 두 번째로 낳은 알을 부화시키는 데 몰두해 있다.

검은색과 회색 뿔까마귀들이 산 전체를 뒤덮고 있다. 이들은 산의 청소부다. 사막딱새는 바위 위에서 까불거리며 짹짹대거나 엉덩이를 건방지게 휙 치켜들고 다른 바위로 날아간다. 가장 높은 코리를 흐르는 하천에서는 흰 칼라를 두른 물까마귀가 물속으로 뛰어든다. 호젓한 물가에서는 검은가슴물떼새의 외로운 노랫소리가 들려온다. 하지만 내가 왜 이런 새들을 열거해야 할까? 무의미한 짓이다. 여기 사는 새들은 전부 다 책에 실려 있으니까. 하지만 내게 그들은 책 속에 있는 존재가 아니다. 그들은 살아 있는 만남에, 나의 삶과 그들의 삶이 교차하는 순간에 있다. 아득히 멀리서 울려 퍼지는 마도요의 울음에, 박새들이

거기 있음을 알려주며 마지막 나무들 사이에서 들려오는
가느다란 은빛 노래에 있다. 수원지를 찾으려고 하천을
따라 점점 더 협곡 깊이 들어가는 동안 오목눈이 한 쌍이
나타났다 사라졌다 하던 4월 아침에, 혹독한 서리가 내려
얼어붙은 개울 옆 나무에서 머리가 크지만 우아한 오목눈
이 떼가 우수수 떨어져 내린 12월 오후에 있다. 도가머리
박새 열세 마리가 작은 나무 한 그루에 앉아 있던 7월의
어느 날에, 들꿩 한 쌍이 눈 덮인 산을 배경으로 멋진 궤적
을 그리며 서로를 쫓아 날던(내 평생 유일하게 이 새가 사랑스럽
게 보였던) 3월의 어느 날에 있다. 황조롱이의 짝짓기 황홀
경, 어느 날 아침 노간주나무 사이 공터에서 갑자기 마주
친 검은멧닭의 싸움, 텐트 밖에 누워 잠 못 이루는 내 뒤로
밤마다 서로를 뒤쫓아 숲 위를 낮게 날던 멧도요 두 마리
에 있다.

그 밖에도 내가 언급하지 못한 새들이 너무나 많다. 백
옥처럼 시간을 초월한 담자리꽃나무, 촛불 같은 쥐꼬리
풀, 하트 모양의 보랏빛 까만 꽃이 피는 산딸나무 등 무수
한 아름다운 꽃을 그냥 넘겼듯이 노랗고 얼룩덜룩한 할미
새, 흰 띠를 둘러 고위 관료처럼 보이는 검은머리쑥새, 바
다에서 올라오는 갈매기와 검은머리물떼새, 잣새와 핀치,

굴뚝새도 넘어가야 했다. 아니, 그래도 굴뚝새만은 놓칠 수 없다. 엄청 작지만 활기가 넘치고 목소리는 또 어찌나 큰지! 확실하지는 않지만 적어도 내 경험에 따르면 굴뚝새는 스페이 강보다 디 강 쪽에 더 많다. 쿼이흐나 슬루가인 같은 고지대 지류 계곡에 마지막 남은 숲속에서 좁쌀풀처럼 흔히 볼 수 있다.

쿼이흐 계곡에는 예전에 쓰러진 거대한 나무의 잔해가 남아 있다. 뿌리는 전부 땅에 박혀 있고, 그루터기 위로 등뼈처럼 구불구불한 줄기가 우세풍優勢風의 방향대로 뻗어 있다. 이 나무의 갈비뼈 사이로 오락가락하는 귀여운 아기 굴뚝새 아홉 마리를 본 적도 있다. 한번은 슬루가인 계곡에서 황금 호박벌 한 쌍이 나를 쌩 하고 스치며 신나게 날아갔는데, 생각해보면 둘 다 너무 커서 호박벌일 리가 없었다. 쫓아가보니 그놈들도 아기 굴뚝새였다.

한번은 그 나무 근처에 있다가 시냇가 하류 쪽에서 엄청나게 큰 새가 날아오르는 것도 목격했다. 내가 가만히 쳐다보는 동안 새는 한 바퀴 빙글 돌더니 두 날개를 쫙 펴고 사라졌다. 날개가 어찌나 널찍한지 직접 보지 않았더라면 믿기 어려울 정도였다. 잠시 후 새가 돌아오는 것이 보였다. 이번에는 상류를 향하고 있었지만 쫙 펼친 두 날개는 그대로였다. 몸통이라고는 보이지 않았다. 거대한 두 날개를 직접 연결하여 마침내 몸 없이도 날 수 있는 방법을 터득한 새처럼 보였다. 그때 나는 거대한 두 날개가 실은 암수 오리 한 쌍이었음을 깨달았다. 오리들은 완벽한 대칭을 이루며 서로를 뒤따랐고, 둘 사이에 한결같은 거리를 유지하며 선회하고 가라앉았다가 다시 물 위로 솟아났다. 마치 한 유기체의 두 반쪽 같았다.

이 지역에서 기러기는 철새에 지나지 않는다. 바람이 거세던 10월의 어느 날 남쪽으로 향하는 기러기 스물일곱 마리를 본 적이 있다. 새들은 완벽한 대칭을 이루는 화살촉 형태로 내가 서 있는 계곡을 따라 날고 있었다. 나는 깊은 협곡의 꼭대기 근처에 있었고 머리 위에서 물길이 급경사를 이루며 쏟아졌다. 벼랑 위에서 강풍이 몰아치고 있었는지, 기러기 떼가 그 지점을 지날 때 대열이 흐트러졌다. 화살촉의 한쪽에 있던 새들이 다른 쪽으로 옮겨가고 앞장선 새가 머뭇거리는 사이 다른 새가 앞으로 나서면서 멋진 대칭 구조가 망가졌다. 마치 바람이 새들을 후려쳐 뒤로 밀어내는 것 같았다. 앞쪽이 둥글고 뭉툭해진 새 떼는 서로 앞서거니 뒤서거니 하며 서서히 협곡 꼭대기를 돌았고, 결국은 왔던 길로 다시 날아가는 것처럼 보였다. 내가 지켜보는 동안 새들은 물속에서 물고기가 움직이듯 굽이치는 곡선을 그리며 잿빛 먹구름 속으로 사라졌다. 짙은 색 선이 검은 구름 속으로 녹아들어갔다. 새들이 언제 어디서 대열을 가다듬고 방향을 잡았는지는 확인할 수 없었다.

특이한 것을 보는 일은 매혹적이지만, 그 결말까지 매혹적인 것은 아니다. 온 세상이 얼어붙어 적막한 1월의 어느 오후였다. 꽁꽁 언 도랑 바닥에서 뿔이 얽힌 수사슴 두 마리가 서로를 이리저리 끌어당기고 있었다. 흰 눈 위로 두 사슴의 거무스름한 윤곽이 두드러져 보였다. 나는 황혼이 스러지고 깜깜해질 때까지 그 둘을 지켜보았다. 나중에는 형체를 알아볼 수 없었지만 씩씩대는 소리는 계속 들려왔다. 사슴뿔이 맞물린 현상을 본 것은 처음이었다. 그렇게 붙들린 수사슴은 스스로 빠져나오지 못해서 둘 중 하나가 죽을 때까지 싸운다는 얘기를 종종 들었기에 어떻게 되었는지 꼭 확인하고 싶었다. 다음 날 다시 그 자리로 가봤지만 죽은 사슴도 산 사슴도 보이지 않았다. 내가 머물고 있던 농장의 일꾼은 사슴이 뿔을 부러뜨려 목숨을 건졌을 것이라고 말했다.

수사슴의 울음소리가 나를 의문에 빠뜨렸지만 확실한

답을 알아내지 못한 적이 한 번 더 있었다. 위스키처럼 황금빛을 띤 10월 중순의 아름다운 날이었다. 나는 벨그 호수 위의 벤 에이번 산비탈을 거닐다가 갑자기 언덕 너머에서 울려 퍼지는 낭랑한 노랫소리에 깜짝 놀랐다. 곧이어 반대쪽에서 비슷한 소리가 돌아왔다. 요들송 같았다. 노랫소리가 너무도 경쾌했기에 열심히 주위를 둘러보며 무슨 일인지 추측해보았다. 처음에는 활기가 넘치는 학생들이 서로 반기며 환호하는 거라고 생각했다. 하지만 인적이라고는 전혀 보이지 않는데도 요들송은 계속되었다. 하루 온종일 종소리처럼 맑고 영롱하게 울려 퍼졌다. 얼마 지나지 않아 산에는 아무도 없으며 요들송을 부른 건 수사슴이라는 사실을 깨달았다. 수사슴이 쇳소리를 내며 나직하게 으르렁대는 건 자주 들었지만, 그렇게 낭랑한 소리로 우는 걸 듣기는 처음이었다. 사전만 본다면 종소리belling와 쇳소리bellowing가 비슷한 의미라고 믿을 법도 하다. 나는 종소리라는 말을 보면 언제까지나 그 황금빛 날에 들은 노랫소리를 떠올릴 것이다. 그날 하루 거친 소리는 단 한 순간도 듣지 못했다.

하지만 사슴이 왜 그러는지는 나도 모른다. 수사슴이 쇳소리를 내거나 종소리를 내는 이유는 뭘까? 등산가들에게 물었더니 다양한 의견을 제시했다. 종소리는 어린 사슴이, 쇳소리는 늙은 사슴이 낸다고 말하는 사람도 있었다. 하지만 어느 사냥터지기는 정반대로 주장했다. 거칠게 으르렁대는 울음소리만 듣고 모든 사냥꾼들이 늙은 사슴일 거라 단언했는데 잡고 보니 젊은 사슴이었던 적도 있었다는 것이다. 수사슴이 다양한 요구를 표현하기 위해 그때그때 음색을 바꾼다는 사람도 있지만, 나로서는 동의하기 어렵다. 수사슴 두 마리가 주거니 받거니 번갈아가며 노래하는 걸 들은 적이 있는데 협곡 하나를 사이에 두고 각각 종소리와 쇳소리를 내면서도 완벽한 조화를 이루었기 때문이다. 수사슴도 인간 남성처럼 목소리가 테너인 녀석이 있고 베이스인 녀석도 있다는 말도 들었다. 그렇다면 그날 아침 칸타타가 울려 퍼진 그 언덕에 있던 수사슴들은 모두 테너였을까? 모두가 젊은 사슴이었을까? 아니면 모두 아침형 사슴이었던 걸까?

사슴은 대체로 조용한 동물이지만 놀라면 성난 개처럼 짖는다. 멀리 떨어진 비탈에서 경고하듯 짖어대는 소리를 듣고 그제야 사슴 떼가 있다는 걸 안 적도 있다. 그렇게 짖고 나면 사슴들은 산을 올라 지평선을 향해 달려간다. 하늘을 배경으로 암사슴들과 아기 사슴들이 조용히 늘어선 모습은 끝없는 장식 띠 같다. 수사슴들의 뿔이 덤불처럼 마구 뒤얽히기도 한다. 사슴들은 긴 목을 땅으로 숙여 암탉이 모이를 쪼듯 풀을 뜯는다. 그 목이 어찌나 유연한지 다소 기괴해 보일 때도 있다. 사슴 목 다섯 개가 위로 쭉 뻗어 뱀이 춤추듯 이리저리 흔들리는 것을 본 기억이 난다. 목마다 뱀처럼 조그마한 머리가 달렸고 그 아래 몸은 숨겨져 있었다. 암사슴 다섯 마리였다. 그때 암사슴 하나가 나를 보려고 고개를 돌리더니 목을 뒤로 쭉 뻗어 거의 궁둥이 옆까지 갖다 댔다. 내 안에 숨어 있던 인간 본연의 공포가 스멀스멀 올라왔다. 사슴은 새, 동물, 파충류를 모두 조금씩 닮았다. 사슴의 움직임은 새처럼 가볍고 유연하다. 특히 갓 태어난 얼룩무늬 암사슴이 꽃자루 같은 네 다리를 놀랍도록 사뿐히 움직여 히스 위로 걸어가는 모습은 공중에 떠 있는 것처럼 보인다. 하지만 사슴의 움직임은 어떤 면에서는 비행보다 더 근사하다. 그 반짝이는 발굽 하나하나가 실제로 땅에 닿으니까. 사슴의 다리에 난 사랑스러운 무늬는 대지와 혼연일체를 이루어 구분할 수가 없다.

실제로 이 공기와 빛의 피조물이 대지에 도로 흡수된 것처럼 보일 때가 있다. 암사슴이 숲속으로 녹아드는 것이다. 나는 오랫동안 자작나무 숲을 쳐다보고 있었다. 거기 암사슴 한 마리가 있다는 건 알았지만, 녀석이 한쪽 귀를 슥 뒤집었을 때야 그 위치를 알아볼 수 있었다. 12월에는 탁 트인 히스 벌판을 걷다가 붉은 암사슴이 먹이를 먹고 있는 것을 코앞까지 다가가서야 알아차리기도 했다. 녀석의 몸과 히스 색이 너무 비슷한 나머지 희고 짤막한 꼬리가 땅에 떨어진 눈덩이인 줄 알았다. 암사슴도 나를 의식한 모양이었다. 두 귀를 쫑긋 세우고 머리를 재깍 들더니 목을 길게 뺐다. 하지만 내가 가만히 서 있자 머리는 도로 떨어졌고, 암사슴은 다시 대지의 일부가 되었다. 산비탈을 더 높이 올라가면 아기 사슴이 어미에게서 은신 기술을 배우는 걸 볼 수 있다. 어미와 정확히 똑같은 자세로 멈추고, 어미가 고개를 돌릴 때 똑같이 조심스럽게 고개를 돌린다.

하지만 으슥한 분지에 홀로 숨은 아기 사슴을 찾아낸다면 녀석은 어미처럼 참을성 있게 행동하지 못할 것이다. 암사슴이 우리보다 먼저 움직이게 만들기란 쉽지 않다. 그러나 아기 사슴이 화들짝 놀라 계곡 저편으로 도망쳐 이쪽을 가만히 바라보고 섰을 때 꼼짝 않고 가만히 있으면, 녀석은 안절부절못하기 시작한다. 머리를 옆으로 돌렸다가 앞으로 돌리고, 한쪽 귀를 실룩거리고, 한쪽 콧구멍을 벌름댄다. 그러다 결국은 돌아서서 걸어가지만, 수줍어하면서도 호기심 많은 어린아이처럼 세 걸음마다 멈춰서 뒤돌아본다.

내가 아는 젊은 의사는 암사슴이 새끼를 낳는 광경을 본 적이 있다고 한다. 나는 그렇게 놀라운 행운을 누리진 못했지만, 어미가 히스 벌판의 돌 옆에 남겨둔 갓 태어난 아기 사슴들을 발견한 적은 있다. 언젠가 작은 호수에 가보려고 등산로를 벗어났을 때의 일이다. 나는 왠지 모를 충동에 이끌려 호수 뒤쪽으로 걸어갔다. 바위와 물 사이를 헤집으며 사람의 발길이 드문 경사진 히스 벌판을 계속 내려갔다. 허둥지둥 달아나는 암사슴 두세 마리가 눈가에 언뜻 스쳤고, 잠시 후에는 돌 옆의 히스 덤불에 웅크리고 누운 작은 아기 사슴과 마주쳤다. 다리가 부자연스럽게 뒤틀린 채 이상하게 굳어진 자세로 누워 있었다. 죽은 걸까? 나는 몸을 굽혀 살며시 녀석을 만져보았다. 몸은 따뜻했지만, 뒤틀린 네 다리는 내 손 안에서 물줄기처럼 부드럽게 꺾였다. 그 작은 피조물은 생명의 징후를 보이지 않았다. 목은 곧고 뻣뻣하고 어색했으며 머리는 거의 가려져 있었다. 두 눈은 흔들림 없이 앞을 응시했다. 오직

옆구리에서만 맥박이 느껴졌으나, 옆구리의 맥박 말고는 그 어떤 움직임도 없었다. 자발적인 동작이랄 것은커녕 최소한의 꿈틀거림이나 움찔거림도 없었다. 죽은 척하는 아기 새들은 본 적이 있었지만 아기 사슴이 그러는 걸 보기는 처음이었다.

아기 다람쥐가 붙잡혔을 때 보이는 행동은 홀로 거닐다가 사람을 보고 놀란 아기 사슴의 행동과 비슷하다. 양쪽 다 인간에 대해 다소 무모한 태도를 보인다. 나는 잘 자란 생쥐 크기의 작은 다람쥐와 마주친 적이 있다. 녀석은 전나무 숲속에서 땅 위로 잽싸게 돌아다니며 떨어진 열매를 하나하나 집어 들어 살펴보고 맛보고 던져버리는 중이었다. 장난감을 너무 많이 가진 탓에 괜히 투정부리는 아이들처럼 보였다. 다람쥐는 나를 의식하고 멈춰 섰다. 자기가 쥔 열매와 나를 번갈아가며 곁눈질했다. 마음속에서 탐욕과 경계심이 갈등을 벌이는 듯했지만, 내가 가만히 서 있자 결국 경계심이 패배했다. 다람쥐는 맛난 것들 사이에서 놀이를 계속했다. 다람쥐가 갉기를 멈출 때마다 나는 앞으로 나아갔고, 어느새 내가 코앞에 왔다는 걸 깨달은 녀석은 소스라치게 놀라서 거대한 소나무 고목 위로 달아나려 했다. 하지만 비늘 모양의 소나무 껍질은 너무 두껍고 단단해서 녀석의 작은 다리로는 붙잡기가 어려웠다. 나무에 오르지 못한 다람쥐는 아직 털이 성기고 리본처럼 가늘고 긴 꼬리를 부질없이 살살 휘두르며 녀석의 적갈색 부모를 흉내 내어 울룩불룩한 나무껍질 옹이를 긁어댔다. 그러다 마침내 나무 위로 올라가자 곁가지로 달려 나와 의기양양하게 내게 야유를 퍼부었다.

그 밖에도 많고 많은 어린것들이 있다. 온몸이 비단결 같은 털로 감싸인 아기토끼, 아득히 멀리 양지바른 산굽이에서 노는 아기 여우들과 붉고 두툼한 꼬리를 단 어미 여우, 저 아래 숲에서 꼬리로 나무줄기를 두드리며 입을 다문 채 옹알옹알 침입자를 흉보는(내 짐작일 뿐이지만) 적갈색 다람쥐, 히스 벌판의 금갈색 도마뱀과 솜털덩어리 같은 고치, 작은 금빛 벌과 푸른 나비, 녹색 잠자리와 에메랄드 빛 딱정벌레, 기름 먹인 종이 같거나 탄 종이 같은 나방, 산꼭대기 호수의 수면을 미끄러져 가는 물벌레, 실제로 마주치긴 어렵지만 눈밭에 수천 개의 발자국을 남겨놓는 생쥐, 자작나무 잔가지나 솔잎으로 지어졌고 해가 나면 개미가 우글거리는 개미집, 갯지렁이, 모기, 파리 수십만 마리와 살무사, 희귀하고 기이한 무족도마뱀, 뒤집은 딱지처럼 팔딱 뛰어 오르는 작은 개구리, 손아귀 가득 붙

잠을 수 있는 갈색 털투성이 애벌레들과 자수정 빛깔 얼룩무늬가 히스 위에서 완벽한 보호색이 되는 통통한 녹색 애벌레, 너무도 다양한 모습의 생명들.

　영국은 이제 양들만의 나라가 아니다. 양은 사슴을 들일 공간을 만들기 위해 정리되었다. 그리고 오늘날 이 지역에서 사슴은 하일랜드 소에게 자리를 양보하고 있다. 온화하고도 금욕적인 하일랜드 소는 적은 먹이로도 만족하며, 겨울이면 깔개처럼 덥수룩하게 털이 자라 매서운 바람으로부터 보호받는다. 사나워 보이지만 사실 매우 점잖다는 면에서 이 고장의 얼굴 검은 암양들과도 비슷하다. 확신하건대 스코틀랜드 사람들이 악마라고 하면 가장 먼저 떠올리는 모습은 새까만 면상에 구부러진 뿔이 난 저 암울하고 늙은 악당들, 모든 산속 방목지에서 볼 수 있는 죄처럼 추악한 마녀들일 것이다.

생명체 : 인간

고원에 올랐는데 꽤 오랫동안 아무것도 움직이지 않았다. 하루 종일 이곳을 걸었지만 아무도 보지 못했고, 살아 있는 생물의 소리 하나 듣지 못했다. 딱 한 번 어느 호젓한 코리 안에서 돌멩이가 후두둑 떨어져 내려 수사슴들이 줄지어 지나간다는 걸 알렸다. 하지만 이곳 고원에는 움직임도 목소리도 없다. 인간은 아득히 멀리 있는 것처럼 느껴진다.

그럼에도 주위를 둘러보면 많은 지점에서 인간의 손길에 감동받게 된다. 인간은 어디에나 있다. 돌무더기를 쌓고, 정상을 표시하고, 길 안내판을 세우고, 사람이 죽은 곳이나 강의 수원지를 알린다. 인간의 손길은 길 자체에서 도 느껴진다. 레릭 그루 꼭대기처럼 험준한 암벽 위에서 도 사람이 끈질기게 지나간 궤적을 볼 수 있다. 회갈색으로 풍화되고 이끼 긴 돌 위로 난 길이 새로 떨어져 나온 바위처럼 붉게 빛난다. 인간의 손길은 하천 위 디딤돌에, 협곡 아래 다리에 남아 있다. 끈기와 기술로 설계되어 산을 찾아온 사람들을 손바닥만 한 분지로 끌어 모으는 벤 맥두이 산의 방향 안내판에, 거기서 몇 피트 아래 오두막 잔해에도 남아 있다. 1860년대에 토지를 측량하러 온 사람들이 한철 내내 묵어간 오두막이다. 어느 노인이 말해주기를, 그 시절 측량사들이 작업하는 동안 계곡 아래 주민들은 빛이 한 산꼭대기에서 다른 산꼭대기로 이동하는 것을 볼 수 있었다고 한다. 내가 들고 다니는 지도와 나침반, 지도에 기록된 지명에도 인간의 존재가 남아 있다. 인간이 절벽이나 코리와 얼마나 오래전부터 밀접한 관계였는지 보여주는 고대의 게일어 지명들. '말라깽이의 아들 호수', '구두장이의 동굴', '젖 짜는 여인의 벌판', '좀도둑의 바위산'. 인간의 존재는 무법자들의 은신처에서도 찾아볼 수 있다. 에이니흐 계곡 위 크레그 두브 산봉우리의 아가일 스톤, 케나폴 바위의 깊고 좁은 틈새 캣츠 덴, 선사

시대 빙하 범람원을 통해 네히에서 남쪽으로 이어지는 '도둑의 길'과 신중한 지주가 통행료 삼아 짐승 몇 마리를 묶어놓았다는 길 가운데의 (이제는 쓰러진) 거대한 나무에도. 호수의 수량을 조절하는 수문, 하천 옆에 버려진 석회 가마, 지붕이 날아간 양치기 오두막, 굴뚝 박공 외에는 전부 사라진 합숙소에도 인간의 존재가 남아 있다. 에이번 호수 위의 거대한 흔들바위 셸터스톤도 있다. 한때는 바위 아래가 갱단 30여 명의 소굴이었지만, 바위를 떠받친 주춧돌이 움직이면서 지금처럼 좁아졌다고 한다. 하지만 아직도 대여섯 명이 누워 잘 만한 공간이 남아 있으며, 사람들은 여전히 동굴 안 대피소에 보관된 일지에 이름을 적고 간다. 방수 덮개를 씌운 일지에는 과거에 다녀간 수백 명의 이름이 남아 있다.

인간의 존재는 최근 들어 산속 곳곳에서 보이는 비행기 잔해에서도 섬뜩하도록 분명히 드러난다. 제2차 세계대전 동안 얼마나 많은 비행기(대부분 훈련용이었다)가 이곳에 추락했는지 전부 기억하기 어려울 정도다. 과거에 불어난 개울을 건너려다 익사하거나 벼랑을 오르다가 떨어진 경솔한 사람들처럼, 이 새로운 여행자들도 산의 위력을 과소평가했다. 고원 꼭대기는 길고 평평해서 언뜻 낮다고 착각하기 쉽다. 안개는 너무 빨리 내려오고, 정상이 구름에 휩싸여 비가 쏟아지거나 눈이 날리는 동안에도 그 아래 험준한 암벽은 맑은 햇볕이 내리쬐어 마음대로 오를 수 있는 경우가 많다. 한번은 러처스 크래그에 서 있다가 비행기 엔진 소리가 들려서 자연스레 하늘을 올려다보았지만, 다음 순간 그 소리가 아래쪽에서 들려왔음을 깨달았다. 고원을 둘로 가르는 거대한 협곡 레릭 그루 한가운데로 천천히 날아가는 비행기가 보였다. 내가 서 있는 높은 곳에서는 비행기 양 날개 끝이 바위 사이에 끼일 듯 위태로워 보였지만, 한편으로는 그것이 착각이며 사실 날개 옆에 공간이 충분하다는 걸 알고 있었다. 내 아래로 날아간 조종사들도 교량의 아치를 관통하거나 양쯔 강 계곡을 지나갔던 조종사들과 마찬가지로 신이 나서 흥분해 있었으리라. 하지만 만약에 갑자기 안개라도 내렸다면 협곡을 통과하는 길은 지극히 위험했을 것이다. 기후가 예측할 수 없이 빠르게 변하는 이 고장에서는 비행기가 레릭 그루를 지나는 잠시 사이에도 안개가 내릴 수 있으니까. 나도 그런 경험을 했다. 푸른 하늘에 갑자기 구름이 몰려와 산을 뒤덮더니 온 세상이 사라진 것이다. 내가 벤 맥두이 산을 두 번째로 오른 날 있었던 일이다.

6월의 화창한 아침이었다. 나는 두 신사와 함께 차를 타고 데리 로지까지 갔다. 두 신사는 그곳에 도착하는 즉시 브레이마로 돌아갈 예정이었다. 그때 다른 네 사람이 탄 차 한 대가 눈에 띄었다. 벤 맥두이 산으로 가는 차가 분명했다. 나는 즉시 그 차로 다가가 저녁에 브레이마로 돌아갈 때 태워줄 수 있는지 물어보았다. 그들과 느슨한 일행이 되어 뒤따라 올라가되 함께 어울리고 싶지는 않았기 때문이다. 요청이 받아들여지자 나는 그곳까지 태워준 신사들에게 잘 가라고 인사했다. 다시 돌아서니 네 명의 등산객은 이미 사라진 터였다. 나는 얼른 그들을 쫓아갔다. 물길을 따라 이리저리 난 소나무 숲을 지나가는 동안에도 그들이 보이지 않아서 좀 더 발걸음을 재촉했다. 마침내 숲이 끝났지만, 눈앞에 펼쳐진 황량한 계곡에는 여전히 아무도 보이지 않았다. 나도 상당히 걸음이 빠른 편이라 네 명이 전부 내 시야를 벗어날 만큼 빨리 올라갔다고 믿기는 어려웠다. 내 마음속에서 찬찬히 기다려보는 게 좋겠다는 목소리가 들려왔다(나는 케언곰에 겨우 한 번 와본 애송이였으니까). 아무래도 내가 일행을 앞지른 것 같았다. 하지만 나는 기다릴 수 없었다. 아침 하늘은 구름 한 점 없이 푸르렀고, 때는 6월이었으며, 나는 젊었다. 그 무엇도 나를 막을 수 없었다. 나는 불길이 퍼져나가듯 산길을 내달려 올라갔다. 갑자기 눈 쌓인 에차한 호수의 풍경이 나타났다. 산꼭대기에 오르니 술에 취한 듯 온몸이 찌릿했다. 눈앞에 수천 개의 산봉우리가 선명하게 반짝이고 있었다. 그때 저 멀리 남쪽에서 물거품 이는 파도처럼 몰려오는 구름 벽이 보였다. 구름은 빠르게 다가오면서 한번에 수백 개의 산꼭대기를 덮쳤다. 내가 서 있는 산꼭대기도 곧 뒤덮일 것 같았다. 나는 황급히 주변을 둘러보며 방향을 잡고 버려진 측량사 오두막을 향해 내려갔다. 오두막에서 코레 에차한까지는 돌무더기로 표시된 길을 따라 내려갈 수 있었다. 하지만 오두막에 도착하기도 전에 구름에 따라잡히고 말았다. 구름을 처음 본 순간부터 구름이 나를 덮치기까지 채 4분도 걸리지 않았다. 반 마일쯤 내려가서 안개 자욱한 길가에 앉아 차를 마시는데 저 아래 내가 놓친 일행이 올라오는 게 보였다. 한번은 이런 일도 있었다. 산꼭대기에서 돌무더기 옆에 앉아 구름 한 점 없는 하늘 너머로 산봉우리와 호수를 바라보다가, 그중 이름을 알 수 없는 몇 곳을 찾아보려고 고개를 숙여 지도를 찬찬히 들여다보았다. 하지만 고개를 들었을 때 사방 천지에 보이는 것이라고는 붉은 화강암 덩어리 몇 개뿐이었다. 빠른 속도는 안개의 가장 치명적인 특성에 속하며, 산 외딴 구석에 방치된 채 녹슬어버린 비행기 잔해는 안개의 무시무시한 위력을 보여주는 증거다.

인간의 손길은 산의 동물에도 닿아 있다. 인간은 흰멧새를 서식지에서 몰아냈고, 큰뇌조를 내쫓은 다음 외국에서 다시 들여왔다. 뇌조를 보호하되 송골매는 거의 멸종시켰으며, 붉은사슴은 돌보고 살쾡이는 퇴치했다. 사실상 인간이 붉은사슴의 생태계를 유지하고 있는 셈이다. 붉은사슴은 이 산과 주변 골짜기에서 이루어지는 인간 생태계의 핵심이기 때문이다. 하지만 이 생태계에도 균열이 생기려는 참이다. 나는 사냥터와 관련된 활동에 부정적이지만, 그런 활동이 강제로 금지한다고 끝나지 않는다는 것도 알고 있다. 인간이 사냥을 그만두면 사슴은 산에서 사라질지도 모른다. 인간이 사슴을 관리하지 않게 되면 개체 수가 줄어들 수도 있다. 히스 덤불과 씨름하여 만들어져 끝없는 노동으로 겨우 생산성을 유지하는 산속 농장과 소작지의 일꾼들에게 사냥터지기 조수나 시종 일로 얻는 부수입은 생계가 달린 문제다. 사냥이나 그와 비슷한 활동에서 나오는 부수입이 없다면 산속 농장들은 다시 황폐해질 가능성이 크다.

이런 농장과 소작지, 사냥터지기 오두막은 놀라운 사람들을 길러낸다. 그들은 개인주의자로 강인하고 거칠며 괴팍하다. 지적이지만 편견도 심하며 기이한 고집과 신랄한 유머 감각을 드러낸다. 이 고장의 삶은 힘겹고 고되지만 내면의 품위는 좀처럼 훼손하지 못한다. 개중에서도 가장 뛰어난 인물들은 다재다능해서 필요한 것을 창의적으로 조달하며, 자기 땅을 잘 알지만 바깥세상에도 여러모로 관심이 많다. 노예가 아니지만 지주의 심기는 건드리지 않으려 하고, 신이라고 하면 '저 세상 영감님' 정도로 여기면서도 올곧게 살며, 친절하지만 결코 '물렁한 얼간이'는 아니고, 중요한 일에 대해서는 냉정한 균형 감각을 유지한다. 물론 예외도 있기는 하지만, 그건 어디나 마찬가지 아닌가? '제 땅에 난 잣나무 열매 하나도 내주지 않으려는' 남자나 '남의 반질반질한 주전자에 눈독을 들이는' 여자도 내가 사양하든 말든 차가 떫으면 안 된다며 찻잔에 설탕을 넣어주는 관대함을 보이기도 한다.

이 고장의 삶은 여유롭지 못하다. 해가 떠서 질 때까지 일해야 한다. 건초는 8월에, 귀리는 (운이 좋으면) 10월에 거둘 수 있지만, 때로는 크리스마스까지도 덜 여물어서 수확하지 못하고 경사진 밭에 방치된다. 그러다 어느 날 밤

농부가 알아차리기도 전에 사슴이 침입해 덜 자란 작물을 초토화시키기도 한다. 농부의 아내는 1월이면 친오빠 장례식에도 못 갈 지경이다. 소젖이 마르기 시작하는 계절이라 낯선 사람에게 소를 맡기면 젖이 아예 나오지 않을 수도 있다. 그러면 수입이 없어질 뿐만 아니라 돈을 주고 우유를 사먹어야 한다. 산속의 물을 집까지 끌어올 만큼 독창적이고 손재주가 뛰어나지 못하면 눈이나 진창이 섞인 우물물을 퍼 와야 하며, 실제로 그럴 수 있는 농부도 산속의 혹독한 겨울 내내 수로를 지켜보고 관리해야 한다.

가끔은 우물은커녕 가까이에 샘물조차 없는 농장도 있다. 이런 경우 하천까지 내려가서 물을 뜬 다음 가파르고 험난한 산길을 따라 운반해야 하며, 세탁도 수백 년 전과 같은 방식으로 하천 기슭에서 해야 한다. 바람 부는 날이면 피어오르는 연기와 날름거리는 불꽃이 눈에 띄곤 했는데, 가까이 다가가면 바람을 피해 큰 가마솥을 하천가 한 구석에 놓고 그 주위로 움직이는 여자들이 보였다.

이 산속 오지에서 물자 공급은 여전히 느리고 고되며 개인적인 방식으로 이루어진다. 펌프도 없이 우물에서 투명하게 반짝이는 물을 길어다 마시고, 나뭇가지를 주워 와서 부러뜨려 불을 피우고 냄비를 올리는 단순한 행동에서도 뿌듯한 감정을 느낄 수 있다. 의식적으로 생각하지 않더라도 이 모두가 생명에 접촉하는 행위이며, 우리 내면의 무언가가 그 사실을 인식한다. 허리를 굽혀 물통을 채우는 순간 내 안에 깊은 만족감이 차오른다. 하지만 이렇게 살면 삶의 속도가 느려질 테고 매일 이런 일을 해야 한다면 다른 활동이나 관심사는 포기해야 하리라는 것도 잘 안다. 그러니 젊은이들이 이런 삶을 거부하는 것도 이해할 수 있다.

모든 젊은이들이 고향을 떠나려 하는 것은 아니다. 오히려 그 반대다. 일부 청년들은 이 황량한 고장을 헌신적으로 사랑하며 이곳에서 평생을 보낼 수 있기를 간절히 바란다. 이들은 조상의 노하우를 물려받고 나아가 발전시키기도 한다. 그런 한편 원시적인 생활 조건에 분노하고 예전 그대로의 느린 삶을 경멸하며 이를 찬양하는 것은 감상주의라고 생각하는 청년들도 있다. 이들은 고향을 떠나지만, 어쨌든 (적어도 개중 몇몇은) 조상의 노하우를 바깥 세상으로 가져가서 그 굳센 뿌리에 다양하고 새로운 기술을 접목할 수 있게 된다. 유감스럽게도 상당수의 젊은이들은 사무직 노동자가 되어 부모의 다채로운 개성을 잃어버린다. 인간 본성이 언제나 그랬듯 이곳의 청년들도 노인들만큼 개성이 강하고 앞으로도 그럴 것이며, 세상 다른 곳과 마찬가지로 이곳에서의 삶도 사랑과 미움, 질투, 부드러움, 충성과 배신, 평범하고 단조로운 행복으로 가득할 것이다.

관대한 이 고장 사람들은 자신의 집에 묵어가게 된 산 애호가들을 격식 없이 동등하게 받아들인다. 손님들은 원하는 시간에 자유롭게 드나들 수 있다. 겨울바람이 울부짖는 밤이면 등산객들은 부엌 난롯가에 앉아 있겠지만, 현지인들은 외양간에 나갔다가 귀 덮개 모자에 온통 눈을 뒤집어쓴 채 발을 구르며 들어온다. 그들은 산에 대한 우리의 열정을 공유하진 않더라도 최소한 존중한다. 산지 주민은 산을 싫어한다고 주장하는 사람이 많지만, 내 생각엔 그렇지 않다. 내가 만난 한 소년은 전쟁터에서 황량한 고원 농장으로 돌아오자마자 아버지와 함께 고생스럽게 일하고 있었는데, 그의 얼굴이 얼마나 밝게 빛났는지 나는 평생 잊지 못할 것이다. "그래, 이탈리아와 스코틀랜드 중에 어디가 더 좋던?" 내가 이렇게 물어도 소년은 대답하지 않았다. 적어도 입을 열어 대답하진 않았고 일손도 멈추지 않았으며 곁눈으로 나를 힐끗 쳐다보았을 뿐이다. 하지만 그의 얼굴은 환하게 미소 짓고 있었다. 이곳 여성들은 뭉그적거리지 않는다. 하루 종일 집 안팎에서 일하느라 바빠 산에 오를 수는 없지만(그럴 시간이나 기력이 어디 있겠는가?) 그래도 그들은 산을 바라본다. 하일랜드의 이 지역에서는 '보는 것도 죄'라는 말은 통하지 않는다. "내가 이 집에서 나간다면 내 장례식 날이거나 아니면 천재지변 때문일 거예요"라고 한 사냥터지기의 아내는 말했지만, 어린 시절 산에서 뛰어놀았던 그의 말투에는 여전히 산의 야생성이 남아 있다. 하지만 심지어 한 가족 간에도 차이는 있다. 산 가까이서 자란 두 자매 중 하나는 "평생 산을 너무 많이 봐서 더 이상은 볼 필요가 없다"고 말했지만, 다른 하나는 바로 그 고원에 작은 천막을 치고 몇 주를 지내기도 했다. 내가 아는 진정한 산 애호가 중에 브레이마의 제임스 다우니 노인이 있다. 나는 벤 맥두이 산에서의 첫날을 그와의 (의식적이고 엄숙한) 악수로 마무리했다. 글래드스턴 수상이 풀스 오브 디를 방문해야겠다고 결심했을 때 안내인 임무를 맡은 사람도 다우니였다. 그런데 브레이마 끝에서 풀스 오브 디까지 가는 길은 험하진 않지만 꽤 길고, 레릭 그루의 산쪽 면 외에는 폐쇄되어 있다. 풀스 오브 디는 레릭 그루 꼭대기 아래 있기 때문에, 스페이사이드와 그 너머 산지까지 탁 트인 풍경을 보려면 암벽 사이로

반 마일을 더 올라가야 한다. 글래드스턴은 풀스 오브 디에서 한 발자국도 더 가지 않겠다며 딱 잘라 거절했고, 유료 안내인이던 다우니도 거기서 멈춰야 했다. 산악인인 그로서는 결코 잊지 못할 상처였다. 그 뒤로 40년이 지났음에도 이 이야기를 들려주는 그의 목소리에서는 여전히 생생한 분노가 느껴졌다.

이곳 사람들은 등산객을 기꺼이 받아들이며 밤중에 배회하거나 야외에서 자는 기이한 행동에도 관대하지만("당신네는 문도 안 달린 수레 창고에서 태어났나 보죠?"라고 말하거나, 어느 비오는 여름밤 우리가 정말로 수레 창고에 간이침대를 세우자 엄청 재미있어 하며 대놓고 폭소하기도 했다), 무책임한 짓은 절대 용납하지 않는다. 겨울 등산객은 그들에게 비난밖에 기대할 수 없다. 맑은 날에도 얼마나 갑작스럽게 폭풍이 닥쳐 올 수 있는지, 고원에 얼마나 빨리 어둠이 내리고 허리케인의 위력이 얼마나 무서운지 너무나 잘 아는 사람들이니까. 그들은 경고를 해줘도 무시하고 사람 목숨을 우습게 아는 젊은 바보들에 관한 씁쓸하고도 현실적인 이야기를 들려준다. 그럼에도 등산객이 돌아오지 않으면 그들은 종종 끔찍한 기상 조건에도 불구하고 인내심과 끈기와 요령을 동원하여 수색에 나서고, 실종자가 살아 있을지 모른다는 희망이 완전히 사라질 때까지 끈질기게 시체를 찾아다닌다. 그때서야 상점 점원이나 철도 직원, 경비원, 제재소 노동자도 경험 많은 산사람일 수 있음을 알게 된다. 실제로 산에서 마주친 온갖 사람들과 이야기하다 보면 산에 대한 열정이 얼마나 무차별적으로 사람을 덮치는지 깨닫게 된다. 이 이상한 쾌락의 중독자들은 모든 사회 계층에 존재한다. 나 역시 빗속에 킬트와 하일랜드 망토를 펄럭이며 구름을 타고 벤 맥두이 산에서 내려오는 듯했던 매부리코에 창백하고 무릎 뼈가 앙상한 고대 왕의 후손(적어도 외모로는 그렇게 보였다)부터 빨간 머리 폭주족, 늙은 두더지잡이, 글래스고에서 온 심부름꾼 소년에 이르기까지 별별 사람들과 우연히 만나 대화를 나눴다.

내가 케언곰 등반을 시작한 뒤로 지금까지 대대로 이 고장에서만 살아왔고 산악 지대 특유의 강인하고 괴팍한 성미를 지닌 사람들 여럿이 사라졌다. 매기 그루어는 화강암처럼 굳세고 체격이 절벽처럼 날렵했다. 재치 넘치고 친절하지만 신랄해져야 할 때는 신랄했으며 그 어떤 비상 사태에도 대처할 수 있었다. 워낙 열성적이고 활기찬 사람이다 보니 매기네 집에서 죽을 먹으면 배 속만이 아니라 마음도 채워지는 듯했다. 등산객이 묵어가게 해달라고

요청하면 밤이든 낮이든 거절하는 법이 없었고, 층계참이든 창고든 누울 만한 자리는 다 내주었다. 새벽 1시에 졸면서 터덜터덜 들어온 여자가 있으면, 지친 몸을 기분 좋게 풀어주는 저녁잠에 곯아떨어진 남자를 주저 없이 깨워 일으키고 침대를 내어주기도 했다. 제임스 다우니는 땅딸막하고 건장한 체구에 죽을 때까지 꼿꼿한 자세로 산악인의 위엄을 뽐냈으며 왕자, 정치가, 교수의 등산 기술을 자기와 비교해 신랄하게 평가하던 이야기꾼이었다. 페티코트를 몇 벌이나 겹쳐 입고 치맛자락을 땅에 끌며 최초로 케언곰에 오른 여성들도 그의 안내를 받았다고 했다. 다우니는 이 여성들을 위해 목동의 조랑말을 빌렸고, "말 위에 단단히 앉아 계시는 게 좋을 겁니다"라고 여성 등산가들에게 단호히 요청했다. (무뚝뚝한 목동은 '숙녀 분들'을 말에 태우는 걸 거들지 않고 자기 오두막집에 틀어박혔다.) 그는 정말이지 엄격하고 심지가 굳은 노인이었다. 종종 무척 재미있는 이야기를 들려주기도 했지만 그 자신은 좀처럼 웃지 않았다. 코리의 준엄한 웅장함이 그의 뼛속까지 스며든 것 같았다. 다우니에게서 부드럽거나 가정적인 면모라고는 찾아볼 수 없었다. 미혼이었던 그는 가문의 저택을 누이들에게 맡기고 자기 농장 오두막에서 지내길 선택했다. 다우니의 조카며느리는 내게 이렇게 털어놓았다. "그분은 동물들에게 다정하게 대해주지 않아요. 사실은 정말이지 냉혹하게 군답니다." 마지막으로 다우니의 농장에 머물렀다가 떠난 날 그는 버스까지 내 가방을 들어다주겠다며 고집을 부렸고, 내가 만류하자 오래전 여성 등산가들을 대할 때와 똑같은 말투로 대꾸했다. "다시는 이러지 못할 테니까요. 당신도 다시는 못 만날 거고." 그는 몇 달 뒤 세상을 떠났다.

샌디 매켄지는 로디무르후스 근방에서 알아주는 사냥터지기였지만, 나를 처음 만났을 때는 이미 양지에 앉아 몸을 녹이는 늙은이였다. 샌디의 두 번째 부인 빅 메리는 그보다 훨씬 오래 살았고, 아흔 살에 눈이 반쯤 멀었지만 여전히 당당한 모습으로 죽어갔다. 여위고 흰칠하지만 구부정한 몸에 피부는 모닥불 그을음으로 거무스름했고, 헝클어진 잿빛 머리가 바람에 흩날려 그리스 신화 속의 무녀처럼 섬뜩한 인상을 주었다. 마지막으로 만나러 갔을 때 빅 메리는 내가 그토록 자주 묵었던 외딴 오두막집을 떠나 의붓딸의 보살핌을 받고 있었다. 의붓딸이 잿빛 머리칼을 새하얀 양털처럼 깨끗이 감겨주고, 더 이상 큰 도끼를 들거나 땅속의 전나무 뿌리를 파낼 수 없어 부드러워진 손톱과 손을 문질러 닦아주었으며, 깔끔한 검은 옷 위로 어깨에 흰색 레이스 숄을 둘러주었다. 그런 빅 메리의 모습은 숨이 막힐 정도로 아름다웠지만, 사실 그에게는 소박하고 거친 것이 더 잘 어울렸다. 빅 메리는 산사람이었고, 내게 말했듯이 스스로도 그 사실을 잘 알았다. "난 집안일을 좋아한 적이 없어. 집 밖에서 일하는 거랑 동물들이 가장 좋았지." 그는 노쇠한 남편과 단둘이 농장에 살면서 어릴 적부터 써온 게일어로 암탉과 늙은 말, 암소에게 말을 걸었다. 샌디가 죽고 나서 암소는 황무지 건너편 농장으로 옮겨졌다. "앞으로 이 동네에서 화이트웰 종은 키우지 않았으면 좋겠어요." 그 암소의 젖을 짜던 여자는 이렇게 말했다. "우리는 소한테 말을 걸 시간이 없는데, 이 녀석은 말을 걸어주지 않으면 젖을 잘 내지 않는단 말이에요."

시력을 잃고 나서 빅 메리는 종종 극심한 외로움에 시달렸다. 워낙 다른 사람들의 삶에 관심이 많았는데 더 이상 책을 통해 그런 욕구를 채울 수 없었으니까. 그는 "새로운 소식은 내 귀에 들어올 때면 이미 김빠진 상태란 말이야"라고 불평하면서도 한편으로 그런 소식들을 신나게 들려주곤 했다. "정말 못된 년이라니까." "얼빠진 놈, 그 여자가 없으면 사는 재미가 없다나." "그 홀아비 말이야, 메리가 죽고 나니 잠잠해졌다더라." 빅 메리는 매년 우리가 자기 오두막에서 묵어가는 몇 주 동안 우리만큼 즐거워했고 이런저런 농담을 던지곤 했지만, 우리의 시시콜콜한 사연에 열렬한 관심을 보이되 절대로 선을 넘진 않았으며 이야기하길 꺼려도 이해해주었다. 그리고 마지막 날 아침이면 우리가 '메스' 스토브와 프라이팬을 챙기고 침낭을 정리하고 간이침대를 접는 동안 눈물을 머금은 채 커다란 굴뚝에 불을 지피고 작별 의식을 위한 찻주전자를 끓였다. 인간에 대한, 인생의 온갖 변덕과 기이함에 대한 빅 메리의 호기심은 채워질 줄을 몰랐다. 지주가 외풍이 없는 저지대 오두막집의 방 몇 개를 빌려주겠다고 했지만, 빅 메리는 사람들 사이에서 살고 싶진 않았다. 길게 펼쳐진 황무지와 반짝이는 절벽들, 집 주위로 불어대는 바람이 빅 메리 자신도 모를 이유로 그의 발길을 붙들었다. 빅 메리는 추운 겨울을 친구네 집에서 보냈고, 다행히도 다른 친구네 집에서 두 번째 겨울을 보내기 전에 자기 집에서 죽었다. 9월 말의 어느 무더운 날이었다. 애비모어에 도착한 나는 기차에서 내리자마자 친구인 경비원 애덤 서덜랜드와 마주쳤다. "지금 무슨 일이 일어나려는지 알아요? 1시에 빅 메리를 매장한대요." 강가 숲속의 눅눅하고 오래된 교회 묘지까지는 2, 3마일을 걸어가야 했다. 관을 메고 도로에서 축축한 오솔길로 들어서는 사람들을 나는 간신히 따라잡을 수 있었다. 누군가(그에게 축복이 있기를) 빅 메리를 위해 만든 화환이 보였다. 히스와 마가목 열매, 귀리와 보리 이삭, 노간주나무 가지 등 빅 메리가 매일 보고 만지던 것들로 만든 화환이었다. 바로 옆에는 유명한 퍼스 인치스 전투의 생존자인 파쿼 쇼가 잠들어 있었다. 온 동네의 골칫거리였던 그가 죽은 뒤 사람들이 다시는 깨어나지 말라고 평평한 묘비 위에 무거운 돌덩이를 다섯 개나 올려놓았다고 전해진다. 나로서는 빅 메리가 그만큼 강인하고 고집스러운 인물이었기에 그의 곁에 잠든 거라 생각하고 싶다.

그렇다, 빅 메리는 파쿼 쇼보다는 덜했지만 그와 비슷하게 동네 사람들의 골치를 썩였다. 악의로 그런 것은 아니었다. 빅 메리에게 악의는 없었다. 하지만 그는 소금 같은 인물이었고 소금은 사람을 쓰라리게 할 수 있다. 빅 메리는 악마처럼 괴팍한 성격이었다. 신이 아니라면 어느 누구도 그가 하고 싶은 일을 말릴 수 없었다. 빅 메리가 생전에 그와 얽힌 사람들에겐 골칫거리였다 해도 충분히 이

해가 된다. 하지만 그 역시 나름대로 성실하고 유쾌하며 너그러운 사람이었다. 나더러 빅 메리에 관해 묻는다면 산초 판사가 어째서 돈키호테를 계속 따라야 하는지 대답한 내용을 되풀이해야 하리라. "나로서는 그럴 수밖에 없다. 나는 그가 주는 빵을 먹었고 그를 사랑한다."

살아 있는 사람들, 산속으로 들어오는 여정에서 나를 가르치고 포용하고 친구가 되어준 많은 사람들. (샌디 매켄지의 딸 캐리 외에는 모두 고인이 되었지만 그 후손들은 여전히 살아 있다.)

그중에도 반드시 언급해야 할 이름들이 있다. 샌디 노인의 친지인 화이트웰의 또 다른 매켄지 가족, 툴러흐루의 매켄지 가족, 그리고 특히 이 고장 토박이인 맥도널드 가족의 일원이자 태양처럼 서글서글한 인품으로 25년간 내가 오가는 길을 보살펴준 애덤의 아내 서덜랜드 부인. 디 강 쪽에 살고 있는 제임스 다우니의 조카 짐 맥그리거와 그의 아내는 하늘에 감사해야 마땅할 친구들이다. 나를 한 식구로 받아들여준 스페이 강 쪽의 서덜랜드 가족도 빼놓을 수 없다.

이 사람들은 산의 뼈대와 같다. 생활 방식이 바뀌고 새로운 생태계가 그들의 삶을 형성함에 따라 그들도 변해갈 것이다. 하지만 야생의 대지와 가까이 살고 날씨에 영향을 받는 한 그들의 삶에는 대지의 본성이 스며들 수밖에 없다. 그들은 여전히 선택받은 종족으로 남으리라.

잠

그렇다, 나는 나만의 산을 발견했다. 산의 날씨, 공기와 빛, 노래하는 하천, 유령의 동굴, 봉우리와 호수, 새와 꽃, 눈, 아득하고 푸르른 원경. 그리고 해를 거듭할수록 이 모든 것에 익숙해졌다. 하지만 내가 깨달은 온전한 진실을 말하자면 나 역시 산의 일부다. 나는 나 자신의 발견을 위한 악기이며, 그 악기를 제대로 연주하려면 학습이 필요하다. 따라서 감각을 수양하고 단련하며 볼 수 있는 눈과 들을 수 있는 귀, 적절하고 조화롭게 움직이도록 조율된 몸을 지녀야 한다. 나는 산의 본질을 배우기 위해 내 몸으로 많은 기술을 습득할 수 있다. 그중에 특히 중요한 기술

이 바로 정적이다.

산에서 잠든 적이 없는 사람은 산을 완전히 알지 못한다. 잠에 빠져들면 정신은 혼미해지고 몸은 녹아내려 지각만이 남는다. 잠든 사람은 생각하지도, 욕망하지도, 기억하지도 않고 물리적 세계와의 순수한 친밀감 속에 머문다.

잠들기 전 지각력이 정지하는 순간은 하루 중 가장 충만한 시간이다. 마음속 집착이 비워지고 나와 땅과 하늘만이 남는다. 한여름에는 자정을 훌쩍 넘긴 뒤에도 북쪽 하늘이 환하게 빛난다. 올려다보고 있으면 하늘에 펼쳐진 형상의 가장자리로 빛이 쏟아져 들어오고, 형상이 한층 더 선명하고 가늘어지며 그 자체가 순수한 빛인 것처럼 비현실적으로 반짝거린다. 고원에서는 빛이 지구의 다른 곳을 떠나고도 한참 지난 밤중까지 놀랍도록 오래 남아 있다. 그 빛을 바라보면 마음이 백열등처럼 밝아지며 그 빛에 취해 깊고 고요한 잠속으로 빠져들게 된다.

산에서 자는 낮잠도 좋다. 아침 일찍 출발해서 무더운 한낮 정상에 드러누워 뜨거운 햇살을 받으며 잠들었다가 깨는 것은 인생에서도 손꼽히게 달콤하고 사치스러운 일이다. 산에서 잠든 이에게는 감미로운 깨어남이 기다리고 있기 때문이다. 자신이 어디 있는지도 잊어버린 채 혼곤

히 눈을 떴다가 앞에 보이는 절벽과 협곡에 의아해 하는
경험은 좀처럼 느끼기 어려운 순수한 경이감을 일깨운다.
다른 사람들도 그런지는 모르겠지만(내 경우는 확실히 평소와
다르게 느껴진다) 야외에서는 평소보다 깊이 잠들어서인지
멍한 상태로 깨어나게 된다. 여기가 어디인지 금세 기억
나긴 하지만, 적어도 한순간은 익숙한 장소도 전혀 모르
는 곳처럼 보여서 소스라치곤 한다.

이런 낮잠은 몇 분 만에 끝나게 마련이지만, 단 1분이라
해도 마음을 해방시키는 데 도움이 된다. 산의 영혼이나
감화력이 내 의식을 흡수하여 다른 방법으로는 가 닿기
어려울 순수한 깨달음 앞에 자신을 드러내려 하는 것일
까? 하지만 이런 생각은 망상에 불과할 것이다. 나는 산에
지각 능력이 있다고 믿지 않지만, 산에서 잠들었을 때 산
의 생명력을 가장 생생히 실감할 수 있다는 건 확실하다.
나는 나를 내려놓는다. 이런 경험은 강제할 수 없는 만큼
더욱 소중하다.

새벽 4시에 출발하면 정상에 도착하여 조용한 시간을
보낼 여유가 생긴다. 어쩌면 낮잠을 즐길 수도 있을 것이
다. 규칙적인 움직임으로 산을 타다 보면 몸이 가벼워진
다. 식사를 한 뒤라 기분도 느긋하고 편안해진다. 마음이

돌멩이처럼 고요해지며 내면 깊은 곳으로 가라앉는다. 흙은 더 이상 대지의 일부가 아니다. 그런 순간에 잠이 오는 것은 해가 뜨고 지는 것만큼 자연스러운 일이다. 잠에서 깨어난 당신은 더 이상 돌멩이나 대지의 흙이 아니며, 인간으로서의 당신도 궁극적으로 그 일부가 되는 더욱 큰 존재를 인식할 수 있게 된다. 그게 전부다. 당신은 산의 일부가 된 것이다.

하지만 나도 잠들면 안 되었을 곳에서 잠든 적이 있다. 우리는 브레이리아흐에 있었다. 안개로 지평선이 흐릿했고 멀리 보이는 풍경도 별로였기 때문에, 정상 바로 아래에서 최대한 절벽 가까이 땅바닥에 엎드린 채 코레 브로헤인을 내려다보았다. 하천은 수량이 풍부했고 사방에서 요란한 폭포 소리가 들려왔다. 우리는 암반 위로 끊임없이 쏟아지는 폭포수를 지켜보았다. 한참 아래 분지 밑바닥에서 풀을 뜯는 사슴들이 움직이는 작은 점처럼 보였다. 사슴들의 움직임을 바라보고 있노라니 해가 나와 몸을 데워주었고, 규칙적인 움직임과 소리로 인해 머릿속이 나른해졌다. 다음 순간 소스라치며 잠에서 깨니 눈앞에 아찔하도록 깊이 뻗어 내린 시커먼 바위벽이 보였다. 사실 정상에서 하천 바닥까지는 2천 피트 정도였고 사슴들이 풀을 뜯고 있던 코리 밑바닥까지는 천 피트가 조금 넘었을 뿐이지만, 모든 생각과 기억과 감각에서 떨어져 나와 눈을 번쩍 뜬 순간에는 그 높이가 무섭도록 아찔해 보였다. 나는 안도의 한숨을 내쉬며 "코레 브로헤인이구나"라고 말한 다음 절벽에서 돌아누워 일어나 앉았다. 심연을 들여다본 기분이었다.

산에서의 낮잠이 깊은 무감각을 즐길 수 있어서 좋다면, 밤하늘 아래에서는 잠결이 얕을수록 감미롭다. 밤의 산에서는 의식이 깨어나려 하다가 다시 가라앉기를 반복하는 얕디얕은 잠이 좋다. 머릿속 생각들에 시달리지 않고 단순명료한 감각 속에 머물며 그저 바라보는 것이다. 나는 빠르면 5월부터 늦게는 10월 첫 주까지 야외에서 자곤 했다. 기후가 기이하고 변덕스러운 이 고장에서도 대체로 햇볕이 충분히 내리쬐는 시기다.

야외에서 보낸 10월의 어느 밤은 비단결처럼 부드러웠다. 자정 넘어 느지막이 달이 떠올랐고 곱디고운 새벽빛 속에 산들이 호수의 물결처럼 아른거렸다. 스코틀랜드가 그토록 부정하려 애쓰지만 부정할 수 없을 온갖 마법 이야기를 믿게 하는 완벽하게 마력적인 밤이었다. 당연하다. 그런 날 새벽 네다섯 시에 집을 나서는 사람은 누구나 마법에 걸릴 테니까. 요정, 마법, 마녀는 아침 여덟 시까지 침대에서 미적대는 사람을 위한 것이 아니다. 노숙하기 좋을 만큼 포근한 10월의 밤과 달빛 가득한 새벽을 경험하면 내 말이 옳다는 걸 알게 되리라. 당신도 마법에 걸릴 것이다.

나는 마법을 좋아하지 않는다. 마법은 하나의 현실인 세상과 또 다른 현실인 자아(거짓과 관습으로 겹겹이 감싸여 있긴 하지만) 사이에 인위적인 존재를 개입시킨다. 삶을 타락으로부터 지켜주는 것은 이 두 현실의 융합이다. 그러니 마법 얘기는 이쯤 해두자.

내가 야외에서 지낸 밤은 대부분 평온한 여름밤이었다. 그런 밤이면 자주 깨는 것도 즐겁다. 온 세상이 너무나 아름답고 야생동물과 새가 의심 없이 잠든 사람에게 다가오기 때문이다. 하지만 깨는 데도 요령이 있다. 완전히 깨어나야 하고 눈만 뜬 채로 꼼짝하지 말아야 한다. 한번은 낮잠을 자다 깼더니 사람 손에서 모이를 받아먹는 데 익숙한 새끼 찌르레기가 내 다리 위를 걷고 있어서 깜짝 놀랐다. 찌르레기는 내 잠을 깨우기에는 너무 낮은 소리로 묘하게 목구멍을 울려대며 먹이를 조르고 있었다. 그리고 되새 한 마리가 잠든 내 가슴을 건드린 적도 있다. 나는 두

번 다 선잠을 자고 있었기에 그 감촉을 느꼈고, 제때 깨어
나서 화들짝 놀라 날아오르는 새들을 목격할 수 있었다.
내가 어쩌자고 바보같이 벌떡 일어나버린 걸까! 하지만
잠은 이미 완전히 달아난 터였다. 아니, 생각해보면 그냥
깰 때가 되어서 깬 것뿐이었다. 눈을 감았다가 나도 모르
게 떴을 뿐인데, 10야드 떨어진 곳에 붉은사슴 한 마리가
새벽 햇살을 받으며 풀을 뜯고 있었다. 사슴은 소리 없이
움직였고 세상은 조용하기 그지없었다. 나 역시 조용했
다. 아니었나? 혹시 내가 움직였던가? 사슴이 고개를 들
더니 콧구멍을 씰룩거렸다. 우리는 서로를 바라보았다.
나는 왜 사슴과 눈을 맞추었던 걸까? 우리는 서로 떨어져
있었지만 그렇게 멀진 않았다. 사슴은 달아날 길을 확인
하는 듯 고개를 돌렸다가 나를 바라보았지만, 이제 나는
사슴을 바라보지 않았다. 잠시 후 사슴은 머리를 숙이고
다시 느긋하게 풀을 뜯기 시작했다.

　새벽에 깨었다가 노루를 보기도 했다. 하지만 그 사실
을 의식하기도 전에 도로 잠에 빠져들었다. 노루를 보았
다고 법정에서 맹세할 수는 없겠지만, 그 광경은 내 머릿
속에 분명한 사실로 남아 있다. 정작 아침에 일어났을 때
는 노루를 본 것도 잊어버렸다. 오후가 되어서야 그 기억

이 의식 가장자리에서 가물가물 되살아났지만, 사실인지 아닌지 확신할 수 없었기에(그냥 노루가 나오는 꿈을 꾼 게 아닐까?) 오히려 지금까지 뚜렷이 남아 있는 기억이다.

혹은 내 잠자리 아래 울타리에 핀치 떼가 내려앉기도 했다. 잠을 깨어 세어보니 전부 스무 마리나 되었다. 이리저리 몸을 돌리며 특유의 앙증맞은 매력을 뽐내는 박새 무리도 보았다. 다양한 박새 중에서도 이런 재롱을 완벽에 가깝게 구사하는 종은 최고의 희귀종이기도 한 도가머리박새다. 도가머리박새 수컷이 뒤로, 앞으로, 옆으로 돌아서며 잠시 폼을 잡았다가 더 높거나 낮은 나뭇가지로 날아가서 또 다른 암컷을 유혹하는 광경을 나는 한 번 이상 목격했다. 그야말로 모델 뺨칠 정도였다.

때로는 눈보다 귀가 먼저 깨어나기도 한다. 도요새 날갯짓 소리다. 침낭 속에서 몸을 일으켜 하늘을 올려다보니 도요새가 멋지게 급강하하고 있었다. 아직 해가 나지 않고 너무 깜깜해서(한여름의 스코틀랜드에서도 그런 날이 있다) 도요새의 움직임은 안 보이고 그들이 내려앉는 소리만 점점 더 크게 귓전에 울렸다.

잠결에 수사슴이 울부짖는 소리가 들리기도 하지만, 그런 계절이면 더 이상 야외에서 밤잠을 잘 수 없다. 밤은 춥

고 어두우며, 평소에는 고요하던 언덕에서 무시무시한 포
효가 들려온다. 밤의 고요함은 또 다른 포효로 인해 깨어
지기도 한다. 눈이 녹으면 불어난 물소리가 밤새 귓가를
맴돌아 잠을 설치게 된다. 며칠씩 비가 내린 뒤에 잠을 깨
면 수사슴보다 더 묵직하고 끈질기게 으르렁대며 쏟아지
는 하천의 굉음이 들려오는데, 그 소리도 나름대로 무시
무시하다.

감각

몸과 마음이 고요해지는 방법을 터득했다면 이제는 몸과
마음을 활용하는 방법을 터득할 차례다. 다양한 감각을
사용해야 한다. 귀로 말하자면, 산에서 들을 수 있는 가장
중요한 것은 침묵이다. 침묵에 귀를 기울이다 보면 침묵
이 얼마나 드문 존재인지 깨닫는다. 항상 무언가가 움직
인다. 공기가 완벽하게 정지해 있을 때도 물은 흐르게 마
련이니까. 산에서는 물소리가 들리지 않는 경우가 드물
다. 고원의 물줄기는 대부분 돌 아래를 지나는데도 말이
다. 하지만 이따금 사방이 너무 적막하게 느껴질 때 물소
리에 귀를 기울이노라면 시간 가는 줄도 모르게 된다. 산

에서의 적막은 단순히 소리의 부재가 아니라 또 다른 자연력이다. 여전히 저 멀리서 나직한 물소리가 들려오지만, 그것은 우리가 떠나려 하는 자연력의 마지막 끄트머리일 뿐이다. 마치 선원이 바라보는 수평선에 걸린 땅 끝자락처럼. 이처럼 적막한 순간은 안개나 눈 속에, 혹은 여름밤(너무 서늘해서 벌레 떼가 날아다니지 못하는)이나 9월 새벽에 찾아온다. 9월 새벽이면 적막에 압도되어 숨 쉬기도 어려울 정도다. 나는 유리 공에 비친 이미지다. 가만히 매달려 있는 투명하고 둥근 세상 속의 나 자신이 보인다.

자정을 훨씬 넘긴 맑고 고요한 밤이었다. 잠에서 깨어 천막 밖에 누운 채 빛의 여운이 남은 고원을 바라보고 있는데 적막 속에 뭔가 내려앉는 소리가 들렸다. 알아차리기 힘들 만큼 낮고 작은 소리였지만, 나는 놓치지 않고 그쪽을 돌아보았다. 천막 기둥 위에서 황갈색 올빼미 한 마리가 나를 내려다보고 있었다. 하늘을 배경으로 부엉이의 윤곽이 뚜렷이 드러났다. 내가 마주 쳐다보자 부엉이는 고개를 돌리더니 두 눈으로 번갈아 나를 곁눈질하다가 슬며시 공중으로 날아가 버렸다. 내가 지켜보고 있지 않았더라면 부엉이가 사라졌다는 것조차 몰랐을 정도였다. 한밤중에 올빼미의 기척을 들었다는 건 드문 일이었고, 내게는 소소한 승리였다.

새의 노랫소리, 새가 노래하지 않을 때 내는 소리와 나직한 기척은 충분히 귀로 들을 수 있다. 내게 산의 정수가 담긴 새소리를 고르라고 한다면 황량하고 적막한 땅을 달려가는 검은가슴물떼새의 울음소리를 택할 것이다.

하지만 귀는 요란한 소리도 들을 수 있다. 성난 바다의 포효와 함께 갈매기가 가르브 코레에 내려앉고 바람이 바위에 부딪는 소리가 들린다. 호우가 대지를 강타하고 계곡을 따라 콸콸 흘러내리며, 에이번 호수의 좁은 협곡에서 천둥이 한참 동안 위협하듯 으르렁거린다. 인류에게 소음은 지겨운 존재지만, 산에서는 적나라한 자연의 야만성, 태초부터 우주에 작용해온 에너지에서 비롯된 소리의 미세한 단면이 파괴적이라기보다는 짜릿한 감각을 불러일으킨다.

우리의 오감은 산이 줄 수 있는 것을 받아들이는 경로다. 미각은 빌베리, 자생종 크랜베리, 기막히게 향긋하고 달콤하며 이름까지 근사한 진들딸기cloudberry 같은 야생 열매를 맛볼 수 있다. 과즙이 가득하고 혀에 닿으면 사르르 녹는 그 황금빛 열매의 맛을 어떻게 표현할 수 있겠는가? 결코 혀로는 묘사할 수 없으며 황금빛으로 잘 익은 열매를 먹어봐야 알게 되는 맛이다.

후각도 마찬가지다. 소나무와 자작나무, 소귀나무, 알싸한 노간주나무, 히스와 꿀처럼 달콤한 난초, 상쾌한 야생 백리향의 그윽하고 짙은 향기 앞에 언어는 힘을 잃는다. 이런 식물들은 냄새 맡기 위해 존재한다.

냄새를 맡으면 흥분한다는 점에서 나는 개와 비슷하다. 무덥고 습한 한여름 날이면 고원의 대부분을 뒤덮은 풀과 이끼, 야생 열매 관목에서 올라오는 무르익은 과일 향이 느껴진다. 이끼의 흙 내음과 흙 자체의 냄새는 땅을 파헤쳐야 제대로 음미할 수 있다. 때로는 사슴의 비릿한 악취가 콧구멍을 파고들고, 봄이면 따가운 불 냄새가 코끝을 자극하기도 한다.

하지만 내게 있어 가장 강력한 감각은 시각과 촉각이다. 눈은 내 시야에 무한을 가져다준다. 내가 드러누운 땅 위로 거대한 적운이 사나운 강풍을 타고 날아간다. 하지만 그 위로 아득히 멀고 푸른 하늘에는 또 다른 구름이 좀처럼 알아차리기 어려울 만큼 아련하고 절묘한 줄무늬를 그리며 있다. 구름은 한 눈을 감으면 사라지고, 두 눈을 모두 떠야 선명하게 존재를 확인할 수 있을 정도다. 그러다 문득 산 자체가 바람을 일으킨다는 것을 깨닫는다. 저 흐릿한 줄무늬가 거의 꼼짝 않고 떠 있는 동안에도 내 머리 위에서는 강풍이 무시무시한 적운을 몰아가고 있어서다. 달과 별, 광활하고 장엄한 오로라뿐만 아니라 빛이 변함에 따라 일어나는 지구 자체의 끊임없는 변화까지, 우리가 빛의 신비를 인식할 수 있는 것은 눈 때문이다. 그리고 생각해보면 이 역시 산이 일으키는 현상이라고 하겠는데, 산의 공기가 빛을 변화시키기 때문이다. 절벽과 협곡은 반지르르하게 윤기가 흐르다가, 은은하게 반짝이다가, 원근법이 적용되지 않은 그림처럼 황량해 보이기도 한다. 전경도 배경도 없이 모든 사물이 동일한 평면상에 똑같은 크기로 캔버스를 꽉 채운 그림처럼. 돌 위로 미끄러지듯 연푸른 곡선을 그리며 흐르던 물이 타르처럼 살짝 은빛이 도는 불투명한 검은색으로 변한다. 벌거벗은 자작나무들은 태양이 내 앞에 떠 있을 때는 잘 깎아낸 흑단처럼 검게 빛나지만, 태양이 내 뒤에 있으면 붉고 무성한 나뭇가지 사이로 하얀 줄기가 선명하게 드러나서 마치 붉은 구름더미 앞에 서 있는 것 같다. 산들은 대기가 건조한 날이면 움츠러들어 순진무구하게 서로 거리를 두려는 것처럼 보이지만, 습한 날에는 집요하고도 장대하게 앞으로 돌진해온다. 안개라도 내리면 악몽이 따로 없다. 앞이 잘 보이지 않는 데다가, 간신히 알아볼 수 있는 한 발짝 정도의 거리도 익숙한 주변 환경과 괴리되어 낯설어지기 때문이다. 눈 위에 내린 안개만큼 섬뜩한 것도 없다. 3월의 어느 날 나는 두브 호수를 품은 코리 내부로 들어가고 있었다. 산비탈 안쪽은 눈이 녹아서 불어난 물이 콸콸 흘러내렸다. 이 하천은 눈다리를 건너야 넘어갈 수 있는데, 층층이 쌓인 눈 아래 고르지 않고 비뚤비뚤한 선이 흐르는 물의 수위를 드러내고 있었다. 더 올라가니 사방이 눈이었다. 급기야 구름과 함께 옅은 안개가 내려앉아 아직 눈이 덮이지 않은 지형지물을 전부 지워버렸다. 안개 속에 거대하고 기괴한 바위들이 희미하게 드러났다. 두브 호수 아래 연못가는 엄청나게 넓어 보였고, 건너편 허공에 우뚝 솟은 아찔하게 가파른 절벽이 나를 공포에 빠뜨렸다. 내가 지금 저 절벽을 오르고 있나 봐. 연못인 줄 알았던 게 호수였던 거지. 난 호수를 지나서 절벽을 올라가려는 참인 거야. 사실은 나도 그렇지 않다는 걸 알고 있었지만, 희뿌연 유령이 내 머릿속을 뒤덮고 이성을 압도해버렸다. 더는 갈 수 없었다. 나는 황급히 산을 내려갔다. 안개가 걷히면서 익숙하고 음울한 회색빛 풍경이 나타나자 마음이 가라앉았다.

또 다른 안개 낀 날에는(다행히 투명한 안개였다) 절벽에서 날아오르는 송골매 한 마리를 보았다. 구부러지고 뾰족한 두 날개가 힘차게 아래로 퍼덕거렸다. 하지만 나는 도저히 믿을 수가 없어서 그 놀라운 새를 멍하니 올려다볼 뿐이었다. 저렇게 큰 송골매가 있을 리 없어! 새가 허공에 가만히 멈춰 있다가 미끄러지듯 유유히 암벽으로 돌아간 뒤에야 내가 본 광경을 받아들일 수 있었다. 제러드 맨리 홉킨스의 시가 무슨 뜻인지 이제야 알 것 같았다.

안개에 가려진 독수리의
세 배나 더 큰 덩치를 제대로 본다는 것

희한하게도 안개는 착시를 교정하는 효과가 있다. 일렬로 늘어서 있어 하나처럼 보이는 산들에 옅은 안개가 내리면, 높이와 거리에 따라 그러데이션이 생기면서 가까운 산과 먼 산이 구분된다. 비슷한 원리로 유리처럼 매끄러운 수면에 비친 산꼭대기는 실제보다 더 뚜렷하고 선명하게 보여서, 헷갈리기 쉬운 산 하나하나의 상대적 거리와 높이가 분명히 드러난다.

인간은 어디 있는지에 따라 다양한 착시를 겪는다. 가

르브 코레 앞에 반듯이 누워 있으면 건너편 안 우에니에 호수 위의 바위 언덕이 평평해 보이지만, 가르브 코레에서 조금 내려가면 평원에 우뚝 솟구친 바위산처럼 보일 것이다. 어느 해인가 케언곰 산맥 너머 툴러흐루 위로 솟은 산굽이 아래에서 야영한 적이 있다. 눈앞에 쭉 뻗어나간 오르막은 고도 2,500피트쯤에서 긴 능선으로 이어졌고, 산들 사이의 황야와 숲은 보이지 않았다. 나는 밤마다 천막 바깥에 누워 고원을 비추는 마지막 석양을 바라보았다. 그러다 보면 묘하게도 실제로 산 위에 있는 기분이 들었다. 내가 야영하는 벌판도 대충 비슷한 높이로 보였고, 사방이 어둑해지는 가운데 내 몸과 산꼭대기만이 저녁놀에 붉게 물들고 있었다. 눈을 반쯤 감으면 내가 바라보는 사물의 의미도 달라질 수 있다. 거슴츠레한 눈으로 바라보면 풀밭 곳곳에 흩어져 핀 하얀 꽃이 배경을 뚫고 솟아오르듯 선명하게 다가온다. 이런 착시는 사물에 대한 우리의 관습적 시각이 눈의 위치와 사용법에 따라 달라질 수 있으며 무한한 가능성 중 하나에 불과하다는 점을 깨닫게 한다. 우리는 잠시라도 낯선 것을 엿보게 되면 불안해 하지만 금세 다시 침착해진다. 그런 경험은 기이하면서도 상쾌하다. 반듯이 누운 몸을 옆으로 돌리는 정도의 노력만으로는 익숙한 세상의 모습에서 벗어날 수 있기까지 한참이 걸린다.

눈을 사로잡는 또 다른 기쁨들, 빠르게 스쳐가 영원히 사라지는 순간들이 있다. 산속 호수에 돌풍이 불면 연기처럼 날리는 물보라. 호수가 가까워지면 눈 쌓인 호숫가에 아른거리는 푸른빛이 물보다 먼저 시야에 들어온다. 비오는 날 돌투성이 하천 기슭에서 언뜻 본 에이번 호수는 안 우에니에 호수만큼 짙푸르렀다. 사나운 바람이 잠시 소나기를 흩뿌리고 나면 하늘 위로 가물거리는 무지개. 나른한 여름 오후 햇볕이 내리쬐는 분지 위에 일렁이는 아지랑이. 강 위에 아치를 그린 쌍무지개 사이로 엿보이는 잿빛 하늘과, 이쪽 강둑에서 저쪽 강둑까지 수면을 꽉 채운 쌍무지개 그림자.

눈을 통해 접하는 세계를 어찌 다 헤아릴 수 있을까? 빛과 색과 형상과 그림자의 세계. 눈송이, 얼음 결정, 수정, 수술과 꽃잎의 무늬, 수학적으로 정교하고 유려한 곡선과 날카로운 직선으로 이루어진 산비탈처럼 리드미컬한 세계. 어째서 무시무시하고 뒤틀린 형태로 난도질당한 돌덩이들을 보노라면 마음이 평온해지는 걸까? 어쩌면 눈은 순수한 혼돈에 자기만의 리듬을 부여하는지도 모른다. 들

쭉날쭉하고 삐죽빼죽한 바위 덩어리를 아름다운 것으로
볼 수 있으려면 창의성이 필요하다. 그렇지 않고서야 왜
사람들이 수백 년 동안 산에 대해 거부감을 느꼈겠는가?
일종의 의식이 산의 형상과 상호 작용하여 아름다움의 감
각을 만들어낸다. 그 형상은 눈에 보이는 실재여야 하며
그저 돌덩이가 아니라 확고한 특성을 지녀야 한다. 단순
한 덩어리로는 안 된다. 아름다움의 감각은 모든 피조물
과 마찬가지로 정신이 깃든 물질이지만, 거기서 나오는
것은 살아 있는 정신이자 의식의 빛이다. 그 빛이 꺼지면
의식 자체도 사라진다. 아름다움의 감각은 호시탐탐 우리
를 덮치려 하는 비존재의 그림자와 싸워서 쟁취하는 것이
다. 그 그림자에서 벗어나려면 지속적인 창조 행위가 필
요하다. 따라서 산과 같은 사물을 그 본질을 꿰뚫는 애정
으로 바라보기만 해도 광활한 비존재 속에서 존재의 영역
을 넓힐 수 있다. 인간에게는 그 외의 존재 이유가 없다.

촉각은 가장 내밀한 감각이다. 민감한 살갗이 구석구석
어루만져진다. 온몸이 감싸이고, 저항하고, 균형을 잡고,
나른하게 풀어지고, 감당할 수 없게 밀어붙이는 강력한
힘에 응답한다. 차가운 샘물이 입천장을 찌르고, 목구멍
이 참기 어려울 만큼 따끔거리고, 서늘한 공기가 입속을

때리고, 허파가 얼얼해진다. 한쪽 콧구멍으로 바람이 파고들어 다른 쪽 콧구멍으로만 숨을 쉬고, 뺨이 잇몸에 납작 달라붙고, 물에서 끌려나온 물고기처럼 숨이 가빠진다. 이처럼 맹렬하게 요동하는 대기 속에서 인간은 무력한 존재일 뿐이다. 서리에 턱 근육이 굳어지고 안개로 뺨이 눅눅해진다. 비가 그치고 나면 노간주나무나 자작나무 가지를 훑어 손바닥을 간지럽히는 물방울을 느끼고, 높이 자란 히스 덤불 속을 맨다리로 거닐면서 촉촉하게 와 닿는 습기를 즐긴다.

　손에는 무한한 즐거움이 잠재되어 있다. 어린 시절 어느 매력적인 노부인에게 들은 말을 잊을 수 없다. 나는 그분의 시골집을 방문했고, 점심을 먹은 뒤 그분의 조카와 함께 산책하러 가려고 복도 테이블에 놓여 있던 장갑을 집어 들었다. 노부인은 내 손에서 장갑을 빼앗아 다시 테이블에 올려놓았다. "얘야, 이런 건 필요 없어. 많은 힘이 손을 통해 우리에게 온단다." 감각도 마찬가지다. 사물의 감촉과 결, 질감. 솔방울이나 나무껍질처럼 꺼칠한 것, 풀줄기나 깃털처럼 매끄러운 것, 물에 씻겨 둥글어진 조약돌, 끈덕지게 들러붙는 거미줄, 손 위로 애벌레가 기어갈 때의 미묘한 간지러움, 이끼의 까슬까슬함, 태양의 온기,

우박의 얼얼함, 쏟아지는 물의 둔탁한 타격, 바람의 흐름… 내가 만질 수 있거나 내게 와 닿는 모든 것은 눈만큼 손에 대해서도 고유한 정체성을 드러낸다.

그리고 발도 마찬가지다. 맨발로 걷기는 지니 딘스(월터 스콧의 소설 『미들로디언의 심장』에 등장하는 신실하고 종교적인 여성―옮긴이)가 런던까지 간 이후로 유행이 지났지만, 시골 아이들은 여전히 맨발의 축복 속에 자란다. 현명한 사람들은 이 관습을 되살리려고 한다. 이 근처에서 맨발로 산을 오르다가 어느 사냥터 오두막에 들른 신사 이야기를 들은 적이 있다. 신사가 점심을 들며 쉬어가는 동안 그런 별종의 발바닥이 어떻게 생겼는지 구경하려는 몰이꾼들이 몰려들었다고 한다. 하지만 사실 맨발로 히스 위를 걷는 것은 생각보다 훨씬 즐거운 일이다. 나도 여기저기서 몇 마일씩 맨발로 거닐곤 했다. 산을 걷다 보면 직접 들어가야 건널 수 있는 하천이 나오게 마련이다. 그렇게 일단 신발을 벗고 나면 다시 신기가 꺼려진다. 하천가에 평탄한 풀밭이 있으면 발에 닿는 풀의 감촉을 즐기며 그 위로 걸어가고, 풀밭이 히스로 바뀌어도 계속 걸어간다. 히스 덤불 옆을 디디면서 발로 잔가지를 밟아 누르면 비교적 쉽게 걸을 수 있다. 햇살로 데워진 마른 진흙땅이 발바닥에 푹신하고 보드랍게 와 닿는다. 아침나절에는 길게 자란 풀밭을 걸어도 즐겁다. 햇볕에 따뜻해진 풀도 아래쪽은 여전히 서늘하고 축축해서, 발을 깊이 집어넣으면 입속에서 신기한 맛의 음식이 녹아내릴 때와 비슷한 기분이 든다. 발가락 사이에 걸린 풀줄기 끝의 꽃 한 송이가 소소한 마법처럼 느껴진다.

불어난 개울을 건널 때 가장 강하게 느껴지는 것은 팔다리에 쏟아지는 물의 힘이다. 그 힘에 맞서 몸을 가누려는 노력이 흐르는 물속을 걷는 단순한 행위에 의미를 부여한다. 초여름에는 물이 너무 차서 차가움 말고는 아무것도 못 느낄지도 모른다. 온몸이 움츠러들며 이 얼얼한 쾌감을 견뎌내려고 안간힘을 쓴다. 하지만 무더운 한여름이면 물이 그늘처럼 상쾌하게 맨살 위로 미끄러진다. 온몸의 살갗이 유쾌한 감각에 젖는다. 햇볕을, 옷 속으로 스며드는 바람을, 수면 아래로 잠길 때 밀려드는 물을 느낀다. 파도가 몰려오기 직전처럼 숨이 턱 막히다가, 만족감이 몸 구석구석 전해져온다. 온 세상이 모래 위로 부서지는 파도처럼 산산이 흩어진다. 산속의 차가운 물웅덩이에 뛰어들면 한순간 자아가 붕괴되는 것만 같다. 견딜 수가 없다. 의식이 흐려지고 고통에 잠겼다가 아득히 사라져간다. 그리고 다음 순간 또다시 생명이 쏟아져 들어온다.

존재

이곳에서는 외부로부터의 어떤 불안에도 구애받지 않는, 육체로 생각한다고 말해도 될 만큼 순수한 감각의 삶을 살 수 있다. 고도로 정묘한 자각에 도달한 오감은 그 자체로도 절대적 경험이다. 한 번에 한 가지 감각으로 삶을 끝까지 살아가는 것, 바로 이것이 우리가 잃어버린 순수성이다.

그리하여 나는 여기 고원에 누워 있다. 내 아래에는 불타는 중심핵에서 밀려나온 진동하는 심성암 덩어리가, 내 위에는 푸른 하늘이 있다. 그리고 바위의 불과 태양의 불 사이에는 자갈돌, 흙, 물, 이끼, 풀, 꽃과 나무, 곤충, 새와 짐승, 바람, 비, 눈… 산 전체가 있다. 나는 서서히 산으로 들어가는 길을 찾아냈다. 내게 오감 외의 다른 감각이 있었다면 더욱 많은 것들을 알아야 했으리라. 내가 물줄기나 꽃의 오묘한 다양성을 식별할 수 있는 것이 오감 덕분인 만큼, 설사 우리에게 또 다른 지각 방식이 생기더라도 더 이상 인식할 것이 없으리라는 가정은 어불성설이다. 미각과 후각이 없다면 어떻게 맛과 향기를 상상할 수 있겠는가? 상상조차 불가능한 일이다. 물질계에는 우리가 알 길이 없기에 모르는 것뿐인 여러 흥미로운 속성이 존재할 것이다. 하지만 우리의 감각은 이미 얼마나 풍요로운가! 산에 오를 때마다 그 풍요는 더욱 쌓여간다. 눈은 이전에 못 본 것을 보거나 이미 본 것을 새로운 방식으로 본다. 귀를 비롯한 다른 감각 기관도 마찬가지다. 경험은 계속 성장한다. 무의식중에도 하루하루를 충실히 쌓아가다 보면 이따금씩 예측할 수 없고 잊을 수도 없는 시간이 찾아온다. 하늘과 땅이 무너지며 새로운 창조물이 드러난다. 여기 한 획, 저기 한 획 그어진 미세한 붓질이 한순간 완벽하게 맞아떨어지면서 마침내 처음부터 거기 있었던 말씀을 읽을 수 있게 된다.

　이러한 순간은 불현듯 찾아오며 어렴풋하게만 이해할

수 있는 법칙에 지배되는 것처럼 보인다. 앞에서 적었듯이 그런 순간은 야외에서 잠을 깨어 흐르는 물을 멍하니 바라보며 그 노랫소리를 들을 때, 그리고 무엇보다도 뇌뿐만이 아니라 존재의 '고요한 중심'이 움직임을 인식할 때까지 긴 호흡으로 몇 시간씩 꾸준히 걷고 나면 찾아온다. 어떤 면에서는 요가 수행자의 호흡 조절과 비슷한 방식이 아닐까. 그렇게 몇 시간이고 걷다 보면 감각이 조율되고 육체가 투명해지는 듯하다. 그러나 공기처럼 투명하거나 가볍다고 표현할 수는 없다. 몸은 무시할 수 없는 최우선의 존재이며, 육체는 소멸되는 것이 아니라 채워지는 것이다. 인간은 육체 없는 존재가 아니라 본질적으로 육체다.

따라서 나는 내 몸이 잠재력을 최대한 발휘하여 무아지경에 가까운 심오한 조화에 도달할 때 몸의 본질에 가장 가까워질 수 있다. 나는 몸에서 나와 산으로 걸어 들어갔다. 별 모양 범의귀 꽃이나 흰 날개 뇌조가 그렇듯 나 역시 산이 지닌 총체적 생명력의 발현인 것이다.

그렇다, 나는 내가 찾으려던 것을 찾아냈다. 내가 여행에 나선 것은 순수한 애정 때문이었다. 그 애정은 어린 시절 모나들리아흐 산맥 중턱에서 바라본 스고란 두브 너머 협곡의 짙은 보랏빛을 꿈속에 보면서 시작되었다. 손에 잡힐 듯 아른거리는 그 쪽빛 협곡이 나를 평생 동안 산으로 끌어당겼다. 당시 내게 케언곰 산맥에 오른다는 것은 인간이 아니라 영웅만이 해낼 수 있는 전설적 과업이었다. 어쨌든 어린아이가 할 만한 일은 아니었다. 춥지만 폭설이 그쳐 쾌청하고 눈부시던 10월의 어느 날, 나 홀로 가슴 두근거리며 안 에일레인 호수 위의 크레그 두브에 올랐을 때도 그것은 여전히 전설적인 과업처럼 느껴졌다. 나는 사과를 훔친 아이처럼 겁먹은 얼굴로 뒤를 돌아보며 올라갔다. 케언곰은 여전히 금단의 구역이었지만 내 평생 그 산맥에 그렇게 가까이 간 것은 처음이었다. 나는 엄청나게 흥분해 있었지만, 마지막 산비탈을 힘겹게 올라 에이니흐 계곡 위로 나온 뒤에야 케언곰에 얼마나 가까이 왔는지 실감할 수 있었다. 나는 싸늘한 공기를 한껏 들이마셨다. 더 이상 참지 못하고 팔짝팔짝 뛰어오르며 웃고 소리쳤다. 새하얗게 반짝이는 고원 전체가 내 두 손 안에 있었다. 눈부시게 푸른 하늘을 배경으로 햇살 가득한 순백의 풍경이 펼쳐졌다. 그 광경을 들이마시고 또 마셨는데도 아직까지 못 다 마신 것처럼 느껴진다. 그 순간부터 나는 케언곰의 일부가 되었지만, 실제로 산맥에 오르기까지는 이런저런 이유로 몇 년이 더 걸렸다.

　나는 그렇게 경험으로의 여정을 시작했다. 내가 원했다는 것 말고는 아무런 동기도 없으며 항상 즐거움을 찾아 떠난 여행이었다. 하지만 처음에 나는 오로지 감각의 만족만을 추구했다. 높이, 움직임, 속도, 거리, 노력, 편안함의 감각. 육신의 욕망, 눈의 욕망, 살아 있다는 자긍심. 나는 산 자체가 아니라 산이 나에게 미치는 영향에 관심이 있었다. 마치 고양이가 인간을 애무하는 것이 아니라 자기 몸을 인간의 바지 다리에 대고 애무하는 것처럼. 하지만 나도 나이를 먹고 오만이 한풀 꺾이면서 산 그 자체를 발견하기 시작했다. 산의 윤곽과 빛깔, 물과 바위, 꽃과 새들까지 모든 것이 좋아졌다. 이 과정은 수년이 걸렸지만 아직도 끝나지 않았다. 타자를 알아가는 일에는 끝이 없다. 그리고 나는 인간이 산을 체험하면서 바위, 꽃, 새에 관해서도 더 많이 알게 된다는 점을 깨달았다. 뭔가를 알아갈수록 알아야 할 것은 더더욱 늘어난다.

　불교도가 산으로 순례를 떠나는 이유를 이제야 조금이나마 알겠다. 그 여정 자체가 신을 찾는 방법의 일부다. 그것은 존재 속으로의 여정이다. 산의 삶을 더 깊이 이해할수록 나 자신의 삶도 이해할 수 있기 때문이다. 한 시간 동안 나는 욕망을 초월한다. 인간을 신처럼 만드는 것은 자아로부터 벗어나는 황홀경이 아니다. 나는 나 자신의 외부가 아니라 내부에 있다. 존재를 안다는 것은 산이 내려주는 최후의 은총이다.

로버트 맥팔레인Robert Macfarlane•

스코틀랜드 북동부의 케언곰 산맥은 영국의 북극이다. 겨울이면 시속 170마일에 달하는 폭풍이 산맥의 고지대를 강타하고, 산비탈에는 온통 눈사태가 쏟아지며, 산꼭대기 위로 초록빛과 붉은빛 북극광이 번쩍인다. 한여름에도 가장 깊은 코리에 쌓인 눈은 서서히 얼어붙어간다. 1년 내내 바람이 너무 거센 탓에 고원에는 기껏해야 6인치 크기의 분재용 소나무와 바위 위로 퍼져나가 낮고 빽빽한 덤불을

• 영국의 문학가, 저술가이자 산악인. 청소년기부터 등산을 시작해 20대에 암벽 등반에 능한 알피니스트가 되었으며, 자연·인간·장소·언어에 대한 저술로 세계적인 자연 작가 반열에 올랐다. 『산에 오르는 마음』, 『언더랜드』 등을 펴냈다.

이루는 향나무 관목밖에 자라지 못한다. 스코틀랜드의 유명한 강들 중에 디 강과 에이번 강이 케언곰 산맥에서 발원한다. 비가 되어 내리고, 바위에 걸러지고, 내가 아는 한 가장 맑은 물웅덩이를 이루었다가 힘을 내어 바다로 흘러간다. 산맥 자체는 데본기에 지각을 뚫고 나와 화강암으로 냉각된 다음 주변의 편암과 편마암 위로 솟아난 마그마 덩어리가 침식된 잔해다. 케언곰 산맥은 한때 오늘날의 알프스 산맥보다 높았지만, 수백만 년 동안 침식되면서 둥근 언덕과 부서진 절벽으로 이루어진 황무지가 되었다. 불에서 태어나 얼음으로 조각되고 바람과 물과 눈으로 다듬어진 거대한 산괴. 셰퍼드는 자신의 고향에 관한 이 짧은 걸작에서 케언곰을 만들어낸 힘을 '자연력'이라고 부른다.

애나(낸) 셰퍼드는 애버딘 근처에서 1893년에 태어나 1981년 사망했고, 긴 생애의 오랜 시간을 걸어서 케언곰 산맥을 둘러보며 보냈다. 세 편의 모더니즘 소설 『쿼리 우드』*The Quarry Wood*, 『기상 관측소』*The Weatherhouse*, 『그램피언 산맥의 고갯길』*A Pass in the Grampians*을 통해 작가로서 명성을 얻었지만, 내 생각에 셰퍼드의 가장 중요한 산문 저작은 그가 제2차 세계대전 막바지에 썼고 최근까지 거의 알려지지 않았던『살아 있는 산』이다.

셰퍼드는 가장 모범적인 지역주의자였다. 자신이 선택한 장소를 잘 알았지만 그런 친밀감 때문에 시야가 좁아진 것이 아니라 더욱 깊어졌다는 의미에서 말이다. 셰퍼드는 검소한 중산층 가정에서 자랐고 지방에서 소박하게 살았다. 애버딘 여자고등학교에 다녔고 1915년에 애버딘 대학교를 졸업했으며 이후 41년 동안 현재의 애버딘 교육대학교에서 영어 강사로 일했다(그는 자신의 교육대학 강사직에 관해 "우리 교육과정을 수료한 학생 중 일부나마 판에 박힌 삶을 벗어날 수 있도록 하늘이 내려준 소명"이라고 우스갯소리로 말했다). 셰퍼드는 노르웨이, 프랑스, 이탈리아, 그리스, 남아프리카 등 지구 곳곳을 여행했지만 디사이드 북쪽의 웨스트컬츠 마을을 평생의 보금자리로 삼았다. 웨스트컬츠로부터 몇 마일 거리에서 시작되는 케언곰 산맥이 셰퍼드에게는 세계의 중심이었다. 그는 1년 내내 케언곰을 들락날락했다. 새벽에, 한낮에, 황혼녘에, 밤중에, 때로는 혼자서, 때로는 친구나 학생이나 디사이드 자연 연구회 동료들과 함께 걸었다. 진정한 산 애호가라면 누구나 그렇듯, 셰퍼드도 평지에 너무 오래 있으면 몸이 근질근질하다고 느꼈다.

셰퍼드는 어린 시절부터 삶을 열렬히 갈망했다. 그는

활기 넘치지만 차분한 사람이었던 듯하다. 친구에게 보낸 편지에서 유아 시절 어머니의 무릎에 앉아서 찍은 사진 이야기를 하며 자기가 "가만있질 못하고 삶을 움켜잡으려는 것처럼 팔다리를 휘저어댄다. 정말로 사지가 움직이는 게 보일 것만 같다"고 묘사하기도 했다. 지적인 면에서 셰퍼드는 콜리지가 말한 '도서관 탐식가'였으며 다양한 책을 게걸스럽게 읽어치웠다. 1907년 5월 7일에는 겨우 열네 살의 나이로 최초의 저작에 착수했다. 셰퍼드가 '메들리'라고 칭한 이 책은 평범한 문학·종교·철학 인용문 모음이지만, 당시의 여성 청소년으로서는 놀랍도록 폭넓은 독서 이력을 보여준다.

셰퍼드는 1928년에서 1933년까지 5년 동안 장편소설 세 편을 발표하는 놀라운 창의력을 발휘했고, 바로 뒤이어 시집 『케언곰 산맥에서』 *The Cairngorms* 도 선보였다. 1934년에 소량 인쇄된 이 시집은 셰퍼드가 가장 자랑스러워한 저서였지만(그는 문학 장르에 명확한 위계가 존재한다고 여겼으며 그 위계의 정점이 바로 시였다) 이제는 구하기가 거의 불가능하다. 소설가 닐 건에게 보낸 편지(두 사람은 장난스러우면서도 지적 열정이 담긴 서신을 주고받았다)에 셰퍼드는 이렇게 적었다. "시는 모든 경험의 핵심을 가장 강렬하게 담아낸 존재고

(…) 삶의 타오르는 심장을 엿보게 하죠." 그는 자신이 "뭔가에 씌어" "내 전 존재가 갑자기 삶 속으로 뛰어들" 때만 시를 쓸 수 있다고 느꼈다. 셰퍼드는 "별과 산과 빛에 관한" 자신의 시가 너무 "냉담하고 비인간적"이라며 깊은 우려를 드러내기도 했지만, 그래도 "내가 뭔가에 씌었을 때는 그런 문장밖에 나오지 않아요"라고 인정했다.

6년 동안 네 권의 책이 나왔지만 그 이후로는 아무것도 없었다. 셰퍼드는 43년 동안 다른 책을 출판하지 않았다. 셰퍼드의 문학적 침묵이 신중함 때문이었는지 혹은 슬럼프 때문이었는지 지금 와서는 확인하기 어렵다. 심지어 창작력이 정점에 달했던 1931년에도 그는 자신이 작가로서 무능하다고 생각하며 우울증 비슷한 상태에 빠졌다. 같은 해 셰퍼드는 건에게 우울한 편지를 보냈다. "난 벙어리가 됐어요. 누구나 살다 보면 이렇게 말문이 막힐 때가 오는 거겠죠. 적어도 난 그러네요. 그래도 계속 살아갈 수밖에 없어요. 문장이 돌아올 수도 있고 안 돌아올 수도 있겠지만요. 만약 그렇게 된다면 그냥 벙어리로 사는 데 만족해야죠. 단순히 소리를 내겠다고 고함을 지를 수는 없으니까요." 1934년 이후로 '문장'이 돌아오긴 했지만, 그것도 간헐적이었다. 셰퍼드는 3만여 단어에 그친『살아 있는 산』과 디사이드 자연 연구회지에 가끔 투고한 기사 외에는 글을 거의 쓰지 않았다.

셰퍼드가 『살아 있는 산』을 구상하게 된 계기는 확실히 밝혀지지 않았다. 이 책은 셰퍼드 평생의 산악 경험을 기반으로 하지만 대부분 제2차 세계대전이 끝나갈 무렵에 쓰였다. 책 속에서 전쟁의 존재감은 멀리서 들려오는 천둥소리처럼 아득하다. 비행기가 고원에 추락하여 조종사들이 사망하고, 정전이 된 밤중에 전투 소식을 들으려고 동네에서 유일하게 라디오가 있는 집까지 걸어가며, 전쟁 총동원으로 로디무르후스 장원의 구주소나무 숲이 벌채된다. 셰퍼드가 1945년 늦여름 전에 초고를 완성했다는 건 확실하다. 그 무렵 건에게 꼼꼼히 읽어보고 의견을 말해달라며 초고를 보냈으니까. 건은 곧바로 명쾌한 답장을 보낸다. "낸에게. 내가 당신의 책을 얼마나 재미있게 읽었는지 말하지 않아도 잘 알겠죠."

아름답게 잘 썼네요. 예술가나 과학자, 혹은 인문학자 같은 섬세함과 정밀함으로 절도 있게 쓴 책이에요. 꼼꼼하되 결코 현학적이지 않고 시종일관 정중해서, 읽다 보면 애정과 지혜가 느껴져요. 당신은 실체를 다루고 체계적으로 침착하게 명제를 쌓아올리지요. 당신의 세계에서 빛과 존재의 상태는 실체니까요.

건은 이 책의 특이한 면모들을 곧바로 알아본다. 서정성의 형태로서의 정밀함, 헌사로서의 관심, 존중으로서의 꼼꼼함, 명제에 의해 구조화된 묘사, 자유롭게 풀려나 공중을 떠돌며 흥미롭게 움직이는 실체들. 하지만 건의 편지는 여기서부터 다소 오만하게 변한다. 건은 이 책을 출간하기가 '아마도 어려울 것'으로 보인다면서, 케언곰 산맥의 '고유 명사'를 전혀 이해하지 못할 독자들을 위해 사진과 지도를 추가하라고 권한다. 또한 '엉망진창'인 페이버 출판사는 피하라고 경고하며 그 대신《스코츠 매거진》에 연재하는 게 어떻겠냐고 제안한다. 그러고는 그의 '물요정'인 셰퍼드가 '고지와 시골 애호가들'이 흥미로워할 글을 쓴 것을 축하해준다.

당시 출간 계약을 하지 못했던(혹은 출간을 원치 않았던) 셰퍼드는 원고를 40년 넘게 서랍에 넣어두었다. 『살아 있는 산』은 1977년에야 소리 없이 애버딘 대학 출판부에서 책으로 나왔다. 브루스 채트윈의 『파타고니아』, 패트릭 리퍼머의 『선물의 시간』, 존 맥피의 『그곳으로 들어가며』가

선보인 바로 그해였다. 1년 뒤에는 피터 매티슨의 선불교적 산악 서사시 『신의 산으로 떠난 여행』이 나왔다. 장소와 여행을 다룬 이 네 권의 고전에 비하면 『살아 있는 산』은 훨씬 덜 알려졌지만, 내 생각엔 거의 비슷한 수준의 걸작이다. 압축적인 강렬함, 반골 성향, 현란하고 시적인 산문, 시각에 대한 집착 등이 존 A. 베이커의 『송골매를 찾아서』(1967)에 비견할 만하다. 양쪽 다 내가 아는 한 20세기 영국에서 나온 가장 뛰어난 풍경 연구서라고 하겠다. 최근 들어 '자연 에세이'에 대한 관심이 급증하고 있기도 하지만, 이 책은 그 밖에도 여러 가지 이유로 신세대 독자들에게 재발견되어야 마땅하다. 하지만 셰퍼드가 아첨을 경멸했다는 점을 고려하면 내가 원하는 만큼 찬사를 퍼붓기가 망설여진다. 1930년 건에게 보낸 편지에서 그는 자신의 첫 두 소설을 검토한 "스코틀랜드 언론의 아첨 남발"을 비판했다. "당신도 작품이 과대평가 받는 건 싫지 않아요? (…) 그렇게까지 칭찬하는 사람은 좀 미심쩍더라고요." 내가 이 책을 얼마나 높이 평가하는지를 감안하면 이 책을 '과대평가'한다는 건 상상하기 어려운 일이지만, 명확한 경고가 있었으니 조심해야 한다.

『살아 있는 산』은 설명하기 정말 어려운 책이다. 기념 산문시? 시적 지리 탐구? 지역 찬가? 지식의 본질에 관한 철학적 탐구? 장로교와 도교의 형이상학적 결합? 이 모두가 부분적으로는 타당하지만 완전히 맞아떨어지는 설명은 아니다. 셰퍼드 자신은 이 책을 '사랑의 교류'라고 불렀다. '교류'라는 말은 혼잡이나 정체가 아닌 교환과 상호성을 암시하며, '사랑'이라는 말에서는 미묘한 에로티시즘의 전율이 느껴진다. 이 책의 언어는 두 가지 의미에서 기후의 영향력을 보여준다. 다채로운 기후 묘사로 가득하다는 점, 나아가 수십 년간 '자연력'과 접촉한 결과물이라는 점에서 말이다. 문체에 있어서는 명료한 지성과 고양된 감정이 공존하는 것이 특징이며, 장르에 있어서는 현지 조사와 회고록, 자연사와 철학적 명상이 뒤섞여 있다. 케언곰 화강암의 다채로움과 "정말로 아무것도 하지 않고 있는 그대로 존재"하는 산속 세계에 감격할 때는 아찔하도록 유물론적이지만, 마음과 산의 상호 작용 방식을 설명할 때는 거의 애니미즘적이다.

무엇보다도 『살아 있는 산』은 가장 광범위한 의미의 지역주의 문학으로 이해되어야 한다. 교구parish에서 나온 말인 지역주의parochial는 지난 세기 동안 부정적인 단어로 변했다. 종파주의, 고립, 경계성, 내부로만 수렴하는 인간 정신이나 공동체의 한정성을 경멸적으로 가리키게 된 것이다. 하지만 항상 그랬던 것은 아니다. 아일랜드의 위대한 세속 시인 패트릭 캐버너(Patrick Kavanagh, 1904~1967)는 교구의 중요성을 확신했다. 캐버너에게 교구는 한계가 아니라 세상을 내다볼 수 있는 뚫린 공간이었다. "지역주의는 보편적이며 근본성과 연결된다." 아리스토텔레스가 그랬듯 캐버너도 '일반'과 '보편'을 구분했다는 점에 주목하자. 아리스토텔레스에게 '일반'은 광범위하고 모호하며 분별하기 어려운 반면, '보편'은 특수한 것에 집중하여 도출해낸 정교한 원칙들로 구성된다. 캐버너는 보편과 지역주의의 연관성을 거듭 강조하며 인간은 가까이 있는 것을 면밀히 탐구함으로써 깨달음을 얻는다고 주장했다. 그는 이런 명언을 남겼다. "모든 위대한 문명은 지역주의에 근거한다."

어떤 벌판이나 대지를 온전히 안다는 것은 일생일대의 경험이다. 시적 경험의 세계에서는 너비가 아니라 깊이가 중요하다. 산울타리의 틈새, 좁은 오솔길 위로 드러난 매끄러운 바윗돌, 나무가 우거진 초원의 풍경, 네 개의 공터가 만나는 곳에 흐르는 개울, 이 정도도 개인에게는 온전한 체험이 된다.

셰퍼드는 케언곰 산맥을 '널리'가 아니라 '깊이' 알았다. 셰퍼드에게 케언곰은 길버트 화이트의 셀본, 존 뮤어의 시에라네바다, 팀 로빈슨의 아란 제도다. 케언곰은 셰퍼드의 내륙 섬이자 개인 교구, 시간을 들여 사랑하고 걷고 탐구하며 그 안에 집중하다 보면 지식이 제한되기는커녕 몇 제곱으로 늘어날 수 있는 영역이었다. 셰퍼드는 건에게 보낸 편지에서 "세상의 공통성을 드러낼 방법"을 찾아낼 수 있을지 묻고, 그러려면 "뭔가 보편적인 것을 만들어내야 한다"고 대답한 바 있다. 그리고 실제로 『살아 있는 산』에서 '보편성'을 통해 '공통성'을 드러내는 성취를 거두었다.

등산 문학은 대부분 남성에 의해 쓰였고, 남성 등산가는 대체로 정상에 주목한다. 산악 탐험은 정상에 오르는 데 성공했는지 여부로 평가된다. 하지만 가장 높은 곳을 목표로 하는 것만이 산을 오르는 방법은 아니며, 포위와 공격의 서사만이 산에 관해 쓰는 방법도 아니다. 어쩌면 셰퍼드의 책은 등산 문학이 아니라 산악 문학으로 간주해야 적절할지도 모른다. 그 역시 젊은 시절에는 "높은 곳의 아찔함"을 "갈망"했고 케언곰이 "나에게 미치는 영향"을 찬미하는 자기중심적 사고에 빠져 있었으며 "항상 정상만을 향했다"고 고백한다. 『살아 있는 산』은 시간이 지나면서 셰퍼드가 어떻게 목적 없이 산을 오르는 법을 터득했는지, "그저 함께 있고 싶다는 생각만으로 친구를 찾아가듯이" 산속에 들어가게 되었는지 보여준다. 셰퍼드는 4장을 수다스럽게 시작한다. "나는 다시 고원에 와 있다. 이곳이 마음에 드는지 확인하려고 강아지처럼 원을 그리며 빙빙 맴돌면서. 그래, 마음에 든다. 잠시 여기 머물도록 하자." 산보가 정상을 향한 갈망을 대체하고 고원이 정상을 대체한다. 셰퍼드는 더 이상 신처럼 전체를 관망할 수 있는 정점을 찾아내어 정찰병이 되려 하지 않는다. 그리고 이 책 첫 페이지의 멋진 지도(케언곰 산맥에 대한 나의 인식을 완전히 뒤바꾸어놓은)에서 대산괴를 개별 봉우리의 집단이 아니라 하나의 통합체로 상상할 것을 제안한다. "케언곰 산맥의 진정한 정상은 고원이다. 이 산맥은 하나의 산으로 보아야 하며, 각각의 봉우리들은 (…) 고원 표면의 소용돌이에 지나지 않는다."

그런 다음 셰퍼드는 보행자로서 일종의 불경스러운 순례에 나선다. 산 위로 돌진하는 대신 산을 종횡무진 활보하고 산속으로 뛰어든다. 셰퍼드의 거듭되는 횡단에는 등산가의 최고점에 대한 열망과 자기도취를 다잡아주는 겸손이 내포되어 있다. 순례자는 항상 신비를 좇고 그 내부를 들여다보는 것으로 만족하지만, 등산가는 총체적 지식을 찾아 아래를 내려다보고 외부를 내다본다.

케언곰은 내 인생의 첫 번째 산맥이었고 지금도 내가 가장 잘 아는 산맥이다. 내 조부모님은 대산괴 북동쪽 경사면에 있는 희귀한 석회암 돌출부 위의 개조된 숲지기 오두막에 살았다. 두 분의 소유인 험준한 목초지는 에이번 강기슭까지 이어져 있었다. 나는 어린 시절부터 주로 여름에 가족과 함께 두 분을 방문했다. 오두막 벽에는 거대하고 반들반들하게 코팅된 산맥 전체의 측량 지도가 걸려 있었는데, 우리는 그 지도에서 다녀온 산책길과 다음에 갈 산책길을 손가락으로 짚어보곤 했다. 할아버지는 평생 전 세계의 산을 오르내린 외교관이자 등산가였고, 그분이 살았던 케언곰 산은 나를 일찍부터 고지의 마법에 빠뜨렸다. 1야드나 되는 나무 자루가 달린 할아버지의 얼음도끼와 낡은 철제 아이젠은 어린 나의 상상 속에서 마법사의 도구처럼 보였다. 나는 할아버지가 알프스와 히말라야에서 오른 산봉우리들의 흑백 사진도 보았다. 인간이 그런 구조물에 올라갈 수 있다는 게 기적처럼 느껴졌다. 셰퍼드가 말했듯이 등산은 그 당시 내게 "인간이 아니라 영웅만이 해낼 수 있는 전설적 과업"처럼 보였다. 그리고 셰퍼드가 그랬듯 나 역시 어려서부터 케언곰 산맥을 접하면서 "평생 동안 산으로 끌어당겨졌다". 나는 도보와 스키로 여러 차례 대산괴를 횡단했으며, 내가 가진 케언곰 지도에는 완주했거나 시도한 경로가 거미줄처럼 촘촘하게 표시되어 있다. 글라스 멜 산 뒤의 이탄 늪지 너머에서 개만큼 커다란 청백색 눈토끼 수십 마리가 튀어나오는 것도 보았고, 브레이리아흐 고원에서 푸드덕 날아오르는 흰멧새 무리를 추적한 적도 있다. 한번은 눈보라가 맹렬하게 몰아치는 동안 노던 코리 위쪽에 눈구덩이를 파고 몇 시간씩 숨어 있기도 했다.

그래서 나는 2003년에 옛 친구의 추천으로 『살아 있는 산』을 읽어보기 훨씬 전부터 케언곰 산맥을 알고 있었다. 친구는 그 책이 아깝게 인정받지 못하고 잊힌 걸작이자 고전의 반열에 들 작품이라고 했다. 그리하여 나는 『살아 있는 산』을 읽었고 전과 다른 사람이 되었다. 나는 케언곰을 잘 안다고 자부하고 있었지만 셰퍼드 덕분에 내가 안

일했다는 걸 깨달았다. 셰퍼드의 글은 내게 익숙해진 산맥을 새로운 시각으로 볼 수 있게 했고, 산을 그냥 보는 대신 관찰하는 법을 가르쳐주었다.

『살아 있는 산』은 특정한 장소에 자주 들르고 "잠시 머물러 가야" 인식할 수 있는 섬세한 감각들로 가득하다. "자작나무는 비가 와야 향기를 내뿜는다"고 셰퍼드는 적는다. "묵직하고 오래된 브랜디처럼 감미로워서 습하고 무더운 날이면 흠씬 취해버릴 것 같은 냄새다." 나는 그때까지 자작나무의 "향기"를 알아차리지 못했지만, 이젠 비오는 여름날 자작나무 숲에 서면 반드시 쿠르부아지에 코냑 냄새를 맡는다. 셰퍼드는 검독수리가 상승 기류를 타고 날아오르며 그리는 "천천히 쌓아올려지는 소용돌이", "조그만 주홍색 꽃을 피우는 지의류", "흰 날개 뇌조"의 비행, "뒤집은 딱지처럼 팔딱 튀어 오르는 작은 개구리"들의 웅덩이, "익살맞고 기괴하며 다리만 길고 앙상한 그림자"와 함께 양지 바른 눈 위를 걸어가는 흰 토끼를 언급하고 기록한다. 산이 우연히 완성시킨 대지예술 작품을 앤디 골즈워디(Andy Goldsworthy, 영국의 대지예술 작가—옮긴이)와 같은 시선으로 관찰하기도 한다. "너도밤나무 새싹이 도로 가장자리를 따라 조수潮水선을 표시하며 5월의 먼지투성이 도로를 환하게 밝혀준다." 셰퍼드는 "비단결처럼 부드러운" 공기 속에서 10월의 밤을 보낸다. 고원의 심성 화강암 위에서 반쯤 잠든 사이 자신이 돌을 닮아가는 것을, "내면 깊은 곳으로 가라앉고" 화성암에 의해 새로운 광물성 자아로 변신하는 것을 느낀다.

다시 말해 셰퍼드는 맹렬한 관찰자다. 맹렬한 관찰자가 흔히 그렇듯 열렬한 경험주의에서 내재성으로 나아가려 하는 신비주의 입문자의 태도를 취하기도 한다. "한참을 바라보고서야 내가 아직껏 제대로 보지 못하고 있었음을 깨달았다." 셰퍼드의 묘사는 종종 소재를 넘어서거나 오히려 소재를 꿰뚫고 나아간다. 그는 산에 올라 몇 시간이고 걸으며 바라본 뒤 글을 쓴다.

> 눈은 이전에 못 본 것을 보거나 이미 본 것을 새로운 방식으로 본다. 귀를 비롯한 다른 감각 기관도 마찬가지다. (…) 이러한 순간은 불현듯 찾아오며 어렴풋하게만 이해할 수 있는 법칙에 지배되는 것처럼 보인다.

• 'The Colour of Deeside', 《The Deeside Field》 회지 8권

닐 건이나 스코틀랜드의 탐험가이자 수필가 W. H. 머리가 그랬듯 셰퍼드도 불교와 도교 서적을 읽고 깊은 영향을 받았다. 세 사람 모두의 산문에서는 선불교 철학의 자취가 화강암 속의 운모 반점처럼 반짝인다. 하일랜드 풍경이 불교 형이상학과 융합된 이들의 작품은 지금 읽어도 여전히 놀랍게 느껴진다. 스코틀랜드 채소밭에서 상연되는 노 연극(일본의 고전 예술 양식의 하나로, 피리와 북소리에 맞추어 노래를 부르면서 춤을 추는 가면 악극―옮긴이)이나 코리 안에 만발한 국화를 목격하는 기분이다.

"산에는 내부가 있다"고 셰퍼드는 선불교적으로 말한다. 이것이 그에게는 "최초의 인식"이었다. 우리의 직관과는 정반대되는 명제다. 우리는 산을 봉우리, 등성이, 낭떠러지와 같은 외적 측면에서 생각하는 경향이 있기 때문이다. 하지만 셰퍼드는 항상 케언곰의 풍광을 들여다보고 있으며, 이제 나도 대산괴에 있으면 똑같이 행동하게 된다. 셰퍼드의 눈은 계속해서 표면 아래로 파고든다. 바위의 갈라진 틈, 호수나 강의 반짝이는 수면 아래 맑은 물을 들여다본다. 코레 안 로헤인 호수에 손을 담그고, 에이번 호수의 얕은 물에 알몸으로 걸어 들어가고, 쥐구멍이나 눈 더미에 손가락을 찔러 넣는다. 『살아 있는 산』에서 전

치사 'into'는 몇 번이고 거듭 등장하면서 동사와 같은 힘을 얻는다. 셰퍼드는 대자연이 아니라 심오한 '내면', 깊은 '은신처'를 찾아 산으로 간다. 아르덴의 '지하 동굴', 케언곰 산맥의 '분지'와 '장엄한 틈새'처럼 감춰진 온갖 풍경이 그를 매혹한다. 그램피언 산맥의 하천과 호수는 너무나도 투명하여 셰퍼드에게는 "맑은 공기의 심연처럼/ 빛 자체가 뭉쳐진 것처럼"* 보인다. 공간을 움푹 파내고 색채와 공기에 '부피'와 '실체'를 부여하는 코리도 셰퍼드의 관심을 끈다. 셰퍼드는 해질 무렵 "숲속의 어둠" 속에 번득이는 짐승들의 눈을 묘사하면서 그 눈알에 어린 초록빛, 즉 '워터그린'에 관해 "어떤 기이한 진공의 녹색 (…) 그 광채는 외부의 빛이 반사된 것일까, 아니면 내부의 빛이 드러난 것일까"**라고 경탄한다.

산의 '내부'에 대한 이런 몰두는 자기도취가 아니며, 오히려 셰퍼드가 스스로 "내면에의 접근"이라 칭한 것을 이 책에서 성취하려고 시도했음을 보여준다. 셰퍼드는 세계의 외적 풍경과 영혼의 내적 풍경이 끊임없이 교류한다고

• 낸 셰퍼드의 시, 「The Hill Burns」
•• 'The Colour of Deeside', 《The Deeside Field》회지 8권

생각했으니 말이다. 인간이 오래전부터 지형을 통해 강력한 알레고리, 스스로를 뚜렷이 이해할 방법, 기억을 형성하고 생각에 형태를 부여할 강력한 수단을 얻어왔음을 그는 알고 있었다. 따라서 셰퍼드의 책은 물리적 산과 은유적 '산' 사이에 존재하는 관계를 탐구한다. 존 뮤어가 40년 전에 적은 것처럼, 셰퍼드도 "밖으로 나간다는 것은 사실 안으로 들어서는 것"임을 알고 있었다.

이 에세이를 쓰던 3월 말에 나는 케임브리지의 집을 나섰다. 런던에서 침대 열차를 타고 북쪽의 케언곰 산맥으로 갔다. 잉글랜드 남부에서는 산울타리에 가시자두 꽃이 만발하고 교외의 화단에 튤립과 히아신스가 피어나고 있었다. 봄이 절정에 다다르려는 참이었다. 하지만 케언곰에 도착하니 한겨울로 되돌아온 듯했다. 바람 부는 경사면에 여전히 눈사태가 우르르 쏟아지고 에이번 호수는 빙판이 되었으며 눈보라가 고원을 휩쓸고 있었다. 사흘 동안 친구 네 명과 함께 남동쪽 글렌시부터 북서쪽 모어리흐 호수까지의 대산괴를 도보와 스키로 횡단했다. 벤 아뷔어드 산꼭대기의 드넓은 고원에서는 내 평생 가장 극심한 '화이트아웃' 상황에 처했다. 고산 지대나 극지방을 여행한 적이 있다면 눈, 구름, 눈보라가 뒤섞여 온 세상이 희부연 덩어리로 녹아드는 화이트아웃에 익숙할 것이다. 규모와 거리를 식별할 수 없게 된다. 그림자와 도로 표지도 사라진다. 공간에 깊이가 없어지고, 중력조차 약해지는 느낌이다. 기울기와 경사면은 머릿속을 흐르는 피의 기울기로 추측할 수 있을 뿐이다. 벤 아 뷔어드 산에서 보낸 놀라운 시간 동안 우리 모두가 새하얀 우주를 날아가는 것만 같았다.

산의 세계는 사막 세계가 그렇듯 신기루로 가득하다. 빛과 원근법의 장난, 환일(幻日, 대기 속의 미세한 얼음 조각에 햇빛이 굴절되어 태양이 하나 더 떠 있는 것처럼 보이는 현상―옮긴이), 무홍(霧虹, 안개 속에 나타나는 흐릿한 흰 무지개―옮긴이), 브로켄의 요괴(사물의 뒤에서 비치는 햇빛이 구름이나 안개에 퍼져 보는 사람의 그림자 주변에 무지갯빛 띠가 나타나는 현상―옮긴이), 화이트아웃… 눈, 안개, 구름 또는 거리가 일으키는 환상들. 셰퍼드는 이런 광학적 특수 효과에 매혹되었다. 그는 겨울이면 "높은 곳에 붕 떠 있는 앙상한 눈의 골격"을 보곤 하는데, 이는 사실 높은 절벽 위의 검은 바위로 밝혀진다. 그 아래의 눈 더미가 눈에 보이지 않아서 바위가 공중에 떠 있는 것처럼 보인 것이다. 공기가 투명해서 수백 마일 밖까지 내다보이는 한여름이면 고원의 브라실 섬(아일랜드 서쪽 대서양에 있다고 전해지는 환상의 섬―옮긴이)과 같은 상상의 봉우리를 찾아보기도 한다. "내가 지도에 실린 그 어떤 산보다도 더 멀리 있는 푸르고 작은 형체를 뚜렷이 보았다고 맹세할 수도 있다. 하지만 지도에는 그런 곳이 없었고 내 동료들도 그럴 리 없다고 말했으며, 나 역시 다시는 그곳을 보지 못했다." 셰퍼드는 그런 착시를 재치 있게 "철자 오류mis-spelling"라고 부른다(spell은 '철자'라는 뜻이지만 '마법'이라는 뜻도 있다―옮긴이). 우연의 마술을 걸어 예기치 못한 계시를 선사하는 시각적 '오류'인 것이다. 그리고 그는 이러한 순간을 의심하거나 확인하려들기보다 그냥 즐긴다. 셰퍼드의 표현을 빌리면, 산악 세계의 "속임수"에 넘어가기 쉬운 "우리의 어리숙한 눈"은 사실 우리가 세계 해석을 재구성하는 방식이기 때문이다.

이런 착시는 사물에 대한 우리의 관습적 시각이 눈의 위치와 사용법에 따라 달라질 수 있으며 무한한 가능성 중 하나에 불과하다는 점을 깨닫게 한다. 우리는 잠시라도 낯선 것을 엿보게 되면 불안해 하지만 금세 다시 침착해진다. 그런 경험은 기이하면서도 상쾌하다. 반듯이 누운

몸을 옆으로 돌리는 정도의 노력만으로는 익숙한 세상의
모습에서 벗어날 수 있기까지 한참이 걸린다.

이는 놀라운 관찰과 서술이다. 우리의 시야는 결코 정
확하지 않으며 잠정적일 뿐이다. '환상'은 그 자체로 앎의
수단이다(제임스 조이스가 말했듯이 오류는 발견의 문이다). 중요
한 것은 이런 환상을 내키는 대로 소환하거나 주문할 수
없다는 점이다. 환상이란 물질과 감각의 예측 불가능한
공모다. 산이라는 존재와 마찬가지로 환상도 "강압할 수
없다". 셰퍼드는 산을 체계적으로 횡단하거나 모종의 심
리지리학적인 계략으로 열어젖히려 하지 않는다. "예고되
지 않은 계시의 순간"은 "마음대로" 얻어질 수 없음을 받
아들이는 것이다. 산은 아우구스티누스적인 의미에서 은
총으로 가득하지만, 그 은총을 우리가 능동적으로 구할
수는 없다. (다만 셰퍼드의 '고생'에 대한 열광은 웬만한 디사이드 장
로교도의 그것 이상이라는 데 유념하자. "고생스럽게 산속으로 들어선
다." […] "지나가기 고생스러운 구간" […] "고생스러운 오르막길")

환상에 관한 놀라운 구절에서 셰퍼드는 습한 날 멀리
있는 돌 헛간을 바라보는 경험을 묘사한다. 습한 공기가
렌즈처럼 시선을 확장시키고 재분배하여 헛간의 모든 면

이 한꺼번에 보이는 것처럼 느껴진다. 셰퍼드의 문체에도 이와 비슷한 분산성이 있다. 『살아 있는 산』을 읽다 보면 갑자기 잠자리처럼 겹눈이 생겨 수백 개의 렌즈를 한꺼번에 들여다볼 수 있고 시선이 산란되는 듯하다. 이렇게 다중 초점이 생겨나는 것은 셰퍼드가 단 하나의 시각에 특권을 부여하지 않기 때문이다. 그 자신의 의식도 산 위와 산속에 존재하는 무수한 초점 중 하나일 뿐이다. 셰퍼드의 산문은 독수리의 시각에서 보행자의 시각으로, 다음 순간 뚝향나무의 시각으로 옮겨간다. 이런 식으로 우리는 그의 인상적인 문장을 통해 "지구가 바라보고 있을 지구의 모습"을 보게 된다. 이 책은 명백하게 "환경 친화적"(이 말은 셰퍼드에게는 별 의미가 없었을 것이다)이지는 않지만 그럼에도 생태학의 원리를 구현하고 있다.

생태학의 첫째 법칙은 세상 만물이 서로 연결되어 있다는 것이다. 그리고 『살아 있는 산』은 얽힘과 상호 연결의 이미지로 가득하다(혹은 그런 이미지로 짜여졌다). "우리에 갇힌 뱀들처럼 서로 뒤얽혀 배배 꼬인" 소나무 뿌리. "산자락 전체에 퍼져 나간 로제트 형태에 가까운" 고지대의 구주소나무 덤불. 나란히 물 위로 솟구쳐 "거대한 두 날개"를 가진 한 마리의 새처럼 보이는 오리 한 쌍. 현지인들에게 '두꺼비꼬리'로 알려진, 줄기와 잔가지가 무수히 갈라져 나온 지의류. 수면에 떠다니는 솔잎 수천 개를 굴뚝새 둥지처럼 촘촘한 구체로 엮어낸 호수의 흐름. "물에서 꺼내 몇 년이나 보관할 수 있을" 만큼 빽빽하게 짜인 그 구체는 "그것이 어떻게 만들어졌는지 모르는 사람들에게는 식물학적 수수께끼로 보인다". (이 솔잎 공은 물론 짧지만 알차고 정교하며 셰퍼드 자신이 "몇 년이나 보관"해온 이 작품의 은밀한 상징이기도 하다.) 『살아 있는 산』을 읽고 나면 12개의 장이 색채와 사상, 이미지의 운율로 비스듬히 연결되어 있음을 알게 된다. 산의 열두 가지 다른 측면을 보여주는 것이 아니라 서로 교차하며 엮인 서술 구조, 뚝향나무의 산문 버전인 것이다. 책의 형식은 이런 식으로 핵심 명제를 구현한다. 세상은 사과처럼 깔끔하게 조각조각 쪼개지지 않으며 지도화할 수도 없는 상호 관계의 그물망이라는 것을.

셰퍼드는 발정기 수사슴 두 마리를 관찰하며 보낸 긴 겨울 황혼녘을 묘사하기도 한다. 두 사슴은 결투하다가 뿔이 서로 '얽혀서' 떨어질 수 없게 된다. 셰퍼드는 사슴들이 "꽁꽁 언 도랑 바닥에서 (…) 서로를 이리저리 끌어당기는" 것을 바라보며 질문의 대답을 기다린다. 누가 이길 것인가, 어떻게 서로에게서 풀려날 것인가? 하지만 어둠이 내리자 셰퍼드는 어쩔 수 없이 실내로 들어가야 하고, 다음 날 아침 결투 장소로 돌아가지만 사체도 단서도 찾아낼 수 없다. 또다시 명백한 질문에 대답하기를 거부하는 산의 이미지가 등장한다. 여기서 '얽히고설킨' 것은 보행자의 '연마된' 감각으로도 풀어내기 어렵다. 사슴은 날아가듯이 달리지만 그들의 움직임은 "대지와 혼연일체를 이루어 구분할 수가 없다". "으슥한 분지"에 누운 아기 사슴은 너무도 완벽하게 모습을 숨긴 나머지 눈꺼풀만 깜박해도 존재를 드러내고 만다. 산은 "바위와 흙만으로 이루어진 것이 아니라 (…) 그곳만의 공기"를 지닌다. 러브록이 가이아 개념을 제시하기 훨씬 이전에 셰퍼드는 자신의 작은 세계가 불가분의 단일체라는 전체론적 시각을 제시했다. "풍화되어가는 바위, 대지를 살찌우는 비, 활기를 불어넣는 태양, 씨앗, 뿌리, 새… 이 모든 것이 하나다." "그리하여 나는 여기 고원에 누워 있다"고 셰퍼드는 쓴다.

내 아래에는 불타는 중심핵에서 밀려나온 진동하는 심성암 덩어리가, 내 위에는 푸른 하늘이 있다. 그리고 바위의 불과 태양의 불 사이에는 자갈돌, 흙, 물, 이끼, 풀, 꽃과 나무, 곤충, 새와 짐승, 바람, 비, 눈… 산 전체가 있다.

물론 셰퍼드의 '전체'란 '전체화'나 '전체주의'의 그것과는 전혀 다르다. 셰퍼드의 산은 우리가 그것을 온전히 알게 될 가능성을 초월한다는 의미에서 '전체적'이다.

그리하여 『살아 있는 산』에서 지식은 결코 성취해야 할 목표나 도달해야 할 상태처럼 유한한 것으로 간주되지 않는다. 대산괴는 암호화된 오르막과 내리막으로 가득한 십자말풀이 수수께끼가 아니다. 인간은 "끈기 있게 사실과 사실을 더하지만" 그런 인식론적 숫자놀음에는 한계가 있다. 지식은 신비의 적대자가 아니라 오히려 공범자다. 산의 상호 관계성을 더 깊이 이해함으로써 실재를 더욱 경이롭게 인식할 수 있으며 또 다른 불가해의 영역을 드러낼 수 있다. "토양, 고도, 날씨, 식물과 곤충의 생체 조직이 이루는 복잡한 상호 작용을 더 자세히 알아낼수록 신비는 더욱 깊어져간다." 셰퍼드는 '하천의 발원지'를 추적하는 자신의 수문학적 습관을 언급하면서, 하지만 발원지인 웅덩이나 호수에는 더 많은 수수께끼가 숨겨져 있다고 말한다. 우주는 단지 우리를 앞으로 이끌어갈 뿐이다. 움직여라. 계속 나아가보라. "산이 절대로 알려주지 않는 비밀"의 또 다른 버전을 마주치게 될 테니.

셰퍼드가 깨달은 것, 그리고 그의 책이 나에게 알려준

것은 다음과 같다. 진정으로 어떤 장소를 오랫동안 알아왔다면 불확실성을 기꺼이 받아들일 수 있어야 한다. 완벽한 앎을 추구해선 안 된다는 앎으로 만족해야 한다. "그 누구도 산을, 그리고 산과 자신의 관계를 완전히 알 수는 없다." 셰퍼드는 이렇게 적었다. "타자를 알아가는 일에는 끝이 없다. (…) 뭔가를 알아갈수록 알아야 할 것은 더더욱 늘어난다." "나는 서서히 산으로 들어가는 길을 찾아냈다. 내게 오감 외의 다른 감각이 있었다면 더욱 많은 것들을 알아야 했으리라." 셰퍼드는 그가 발견한 것들보다 오히려 자신의 무지를 즐기려 한다. "우리가 알 길이 없기에 모르는 것뿐인 여러 흥미로운 속성"이나 그에게는 "너무 많은" 물, 또는 "언제 어디서 대열을 가다듬고 방향을 잡았는지 확인할 수 없었던 (…) 검은 구름 속으로 녹아들어간 기러기 떼" 같은 것들을. 셰퍼드는 대산괴의 지도화할 수 없는 과잉과 흘러넘침에 압도당한다. "인간의 정신은 고원이 줄 수 있는 모든 것을 담아낼 수 없으며, 고원에서 본 것들이 전부 실재한다고 믿지도 못한다."

내 글로 인해 『살아 있는 산』이 난해하고 차갑고 지나치게 지적인 책처럼 여겨질까 봐 걱정스럽다. 절대로 그렇지 않다. 이 책은 매우 현명하고 명제에 따라 구성되었지만 난해하지는 않다. 삶과 죽음, 몸, 미각, 촉각, 그리고 (미묘하지만) 섹슈얼리티로 가득한 책이기 때문이다. 셰퍼드에게 산에 오르는 것은 지극히 육체적인 경험이다. 이 책에서는 매우 다양한 즐거움이 묘사된다. 산에서 셰퍼드는 야생의 음식을 먹고 산다. 크랜베리, 진들딸기, 블루베리를 따고 "강력한 백색" 강물을 벌컥벌컥 들이켠다. "냄새를 맡으면 흥분한다는 점에서 나는 개와 비슷하다. (⋯) 이끼의 흙 내음과 흙 자체의 냄새는 땅을 파헤쳐야 제대로 음미할 수 있다." 셰퍼드는 호수에서 헤엄치고 산비탈에서 잠들었다가 울새의 발이 맨팔을 선명하게 누르는 감촉이나 풀을 뜯는 사슴의 콧소리에 깨어난다. 그는 서리에 "굳어지는 턱(온도 민감성은 물론이고 근육의 측면에서도 좀처럼 언급되지 않는 신체 부위다) 근육"과 "비가 그치고 나면 노간주나무나 자작나무 가지를 훑어 손바닥을 간지럽히는 물방울"의 즐거움을 놀랍도록 명료하게 기록한다. 황무지에서 올라오는 히스 꽃가루는 "만지면 비단처럼 매끄럽다". 이 책에서는 분명히 미묘하고 은밀하지만 짜릿한 에로티시즘이 느껴진다. 셰퍼드가 글을 쓴 시대와 문화권에서 육체적 쾌락에 대한 솔직함이 대체로 의심스럽게 여겨졌다는 점을 생각하면 이는 더욱 짜릿하게 느껴진다. 셰퍼드는 허벅지, 종아리, 발바닥, 손바닥에 와 닿는 세상의 감촉을 즐긴다. 걷기의 리듬이 몸을 "가볍게" 만든다. '벌거벗은' 자작나무, '벌거벗은' 손, '벌거벗은' 다리처럼 '벌거벗은'이라는 단어가 되풀이된다.

시인이자 불교도이며 숲지기인 게리 스나이더의 다음 문장은 『살아 있는 산』의 첫머리에 인용될 만하다. "우리는 자신의 몸을 통해 세상을 본다." 사실이다. 셰퍼드는 산이 육체에 얼마나 버거울 수 있는지 잘 안다. 때로는 목숨을 앗아갈 정도로 말이다. 셰퍼드는 여름의 고원이 "엄청난 재난"이라는 것을 인정한다. 여름이면 각다귀가 수백만 마리나 나타나고 화강암에서 끈적끈적한 파도처럼 열기가 솟아오른다. 셰퍼드는 몇 시간씩 비가 쏟아지고 나면 산이 얼마나 "끔찍한 공간"이 되는지 개탄하기도 한다. 눈밭에 반사된 햇볕 때문에 눈물이 줄줄 흐르고 화상까지 입은 이야기도 들려준다. 속이 뒤집어졌고 이후로 며칠이나 얼굴이 "술 취한 사람처럼 보랏빛"을 띠었다고 말이다. 많은 등산가들이 그러듯 셰퍼드도 산에서의 사망 사고에 섬뜩한 매혹을 느낀다. 낮게 깔린 구름 속에서 비행기를 타고 가다가 벤 아 뷔어드 산에 추락한 다섯 명의 체코 공군 병사. 셰퍼드가 케언곰 산맥을 찾기 시작한 뒤로 그곳에서 추락사한 다섯 사람. 폭풍에 휘말려 죽은 네 '소년들'. 그중 둘은 에이번 호수 서쪽 끝의 셸터스톤 아래 방수처리된 일지에 "의기양양하고 행복한 기록"을 남겼지만, 이후 필사적으로 눈보라를 헤치며 화강암 바위를 기어가다가 무릎과 손가락 관절이 다 벗겨지고 꽁꽁 얼어붙은 시체로 발견되었다.

그렇다면 셰퍼드에게 몸은 산에서 위험에 처하는 존재다. 하지만 한편으로 보상의 장소이자 멋진 감각 기관이며 지성의 지원부대이기도 하다. 셰퍼드는 산에서 너무나 순수한 감각적 삶을 살 수 있기에 "육체로 생각한다고 말해도 될" 정도라고 썼다. 이는 셰퍼드의 책에서도 가장 급진적인 주장이다. 여기서 급진적이라는 것은 철학 명제로서도 최첨단이었다는 뜻이다. 셰퍼드가 『살아 있는 산』을 집필하던 해에 프랑스 철학자 모리스 메를로퐁티는 이후 『지각의 현상학』(1945)에서 최초로 제시하여 유명해진 몸-주체 이론을 전개하고 있었다. 당시 메를로퐁티는 파리에서 전업 철학자로 일하며 지위에 따르는 온갖 제도적 지원과 직업적 자신감을 만끽하던 중이었다. 그는 파리 고등사범학교에서 사르트르, 보부아르, 시몬 베유와 함께 공부하면서 프랑스 철학 엘리트로 훈련받았고 1930년 모교의 철학 교수 임용시험에 합격했다. 반면 셰퍼드는 애버딘 전문대학교의 강사에 지나지 않았다. 하지만 색채 지각, 촉각, 체화 지식에 관한 셰퍼드의 철학적 추론은 지금 보면 메를로퐁티의 결론과 매우 비슷하게 읽힌다.

메를로퐁티는 데카르트 이후의 철학이 몸과 마음을 분리하는 오류를 저질렀다고 보았다. 그는 감각 지각이 세상을 인식할 뿐만 아니라 세상을 이해하는 데 있어서도 근본적 역할을 한다고 평생에 걸쳐 주장했다. 메를로퐁티가 생각하기에 지식이란 '느껴지는' 것이었다. 즉 인지(마음에 의한 경험 처리)에 앞서 우리의 몸이 생각하고 안다는 것이다. 따라서 의식과 인체, 현상계는 불가분 관계로 얽히거나 '연결'되어 있다. 몸은 우리의 주관성을 '육화'하기 때문에 우리는 세계의 '육체'에 '내장'되었다고 메를로퐁티는 표현했다. 그는 이렇게 구체화된 경험을 '손 안의 지식'이라고 표현했다. 우리의 몸은 우리를 위해 세계를 '움켜잡으며', '세계를 소유하기 위한 인간의 보편적 매개체'다. 따라서 세계 자체도 자연과학이 제시하듯 불변의 대상이 아니라 한없이 상대적이다. 세계는 다양한 관점에 자신을 제시함으로써만 명백해지며, 우리가 세계를 인식할 수 있는 것은 우리의 몸과 그것이 지닌 감각-운동 기능 덕분이다. 우리는 세상과 자연스럽게 상호 공존하지만, 그럼에도 세상을 부분적으로만 볼 뿐이다.

메를로퐁티와 셰퍼드의 사유, 그리고 두 사람의 문장에는 명백한 연관성이 느껴진다. 셰퍼드는 산에 오르면 "나와 산 사이에서 무언가가 움직이는" 순간이 생긴다고 썼다. "장소와 마음은 계속 상호 침투하여 마침내 서로의 본성을 바꾸어놓는다. 나로서는 이 움직임을 설명할 수 없다. 단지 그것에 관해 이야기할 수 있을 뿐이다". 그런가 하면 『지각의 현상학』에서 인용했다고 해도 믿을 만한 12장의 한 대목에서는 이렇게 선언한다. "몸은 무시할 수 없는 필수적인 존재이며, 육체는 소멸되는 것이 아니라 채워지는 것이다. 인간은 육체 없는 존재가 아니라 본질적으로 육체다."

손에는 무한한 즐거움이 잠재되어 있다. 사물의 감촉과 결, 질감. 솔방울이나 나무껍질처럼 꺼칠한 것, 풀줄기나 깃털처럼 매끄러운 것, 물에 씻겨 둥글어진 조약돌, 끈덕지게 들러붙는 거미줄 (⋯) 이끼의 까슬까슬함, 태양의 온기, 우박의 얼얼함, 쏟아지는 물의 둔탁한 타격, 바람의 흐름… 내가 만질 수 있거나 내게 와 닿는 모든 것은 눈만큼 손에 대해서도 고유한 정체성을 드러낸다.

『살아 있는 산』이 현대에도 의미 있는 책인 것은 신체적 사고에 대한 셰퍼드의 믿음 때문이다. 점점 더 많은 사람들이 자연과 점점 더 심하게 분리되어 살아간다. 우리의 마음이 물려받은 유전 특성과 습득하는 관념뿐만 아니라 공간, 질감, 소리, 냄새나 습관처럼 신체를 통해 세상을 살아가는 경험에 의해 형성된다는 사실은 점점 더 잊혀간다. 우리는 문자 그대로 접촉을 잃고 있으며 과거 역사의 그 어느 때보다 더 몸과 단절되는 중이다. 셰퍼드는 이 현상이 시작되는 것을 이미 60여 년 전에 목격했다. 그의 책은 애도인 동시에 경고이기도 하다. "영혼을 다스리려면 온몸을 사용해야 합니다." 셰퍼드는 건에게 보낸 편지에 단호하게 적었다. "한 번에 한 가지 감각으로 삶을 끝까지 살아가는 것, 바로 이것이 우리가 잃어버린 순수성이다." 셰퍼드의 책은 '삶의 매 순간을 살아가는 것', 세계를 만지고 맛보고 냄새 맡고 듣는 것에 관한 찬미다. 그렇게 살 수 있다면 "몸에서 나와 산으로 걸어 들어갈" 수 있으며 잠시나마 "돌멩이가 (…) 대지의 흙이" 될 수 있다. 그리고 바로 그 시점에서 "당신은 산의 일부가 된 것이다. 그게 전부다". 셰퍼드의 이 문장에서 '전부'는 사소한 변명이 아니라 거대하고 광범위한 선언으로 이해되어야 한다.

셰퍼드는 장수했고 노년에도 계속 케언곰 산맥으로 걸어 들어갔다. 그러나 마지막 몇 달 동안은 노환으로 밴코리 근방의 요양원을 떠나지 못했다. 환상을 보고 '혼란'을 겪었으며 맞춤법을 틀리기 시작했다. 한번은 병동 전체가 드럼오크의 한 숲으로 옮겨졌다는 환각에 빠졌다. "나무가 보여요. 어릴 때 안에 들어가서 놀던 나무요." "어둡고 조용한" 침실 가운데 빛나는 호를 그리며 "커다란 대문자로" 적힌 그램피언 산맥의 지명들을 보기도 했다. 이처럼 힘겨운 상태에서도 셰퍼드는 여전히 지각의 본질과 지각을 언어로 표현할 방법을 생각하는 데 몰두해 있었다. 친구인 스코틀랜드 예술가 바버라 발머Barbara Balmer에게 이런 편지를 보내기도 했다. "이만큼 나이를 먹고서야 시간도 경험의 한 방식임을 깨달았답니다. 하지만 이런 자기 성찰을 어떻게 전달할 수 있을까요?" 셰퍼드는 진정한 문학을 읽는 경험에 관해 다음과 같이 숙고했다. "내가 가만히 서서 세상을 경험하고 있는데 갑자기 작품이 나타나더니 무르익어 터져 나오는 것 같아요. (…) 삶이 폭발해 내게 온통 끈끈하게 들러붙고 그윽한 향기를 풍기며 (…) 평범한 세상에 마법을 걸고 빛과 울림을 더해주는 거예요." 물론 셰퍼드 자신의 작품도 평범한 세상에 빛을 더하는 데 성공했지만, 그는 결코 작가로서 자신의 탁월한 능력을 인정하려들지 않았을 것이다.

따라서 이 책의 제목에서 산이 '살아 있는' 것은 우리가 산을 향해 '계속 나아가기' 때문이다. 메를로퐁티에게 그랬듯 셰퍼드에게도 물질은 "정신이 깃든" 존재이며 세상은 지속적인 "능동적 분위기 (…) 지금의 문법, /현재 시제" 속에 존재한다. 어떤 종류의 관심은 "광활한 비존재 속에서 존재의 영역을 넓히는" 역할을 한다. 물론 셰퍼드도 이런 생각이 대부분 망상일 뿐임을 안다. 화강암은 생각하지 않고, 코리는 우리가 그 안에 들어가는 것을 느끼지 못하며, 강은 기쁨이나 분노로 우리의 갈증을 달래주지 않는다. 셰퍼드가 미신적인 애니미즘이나 진부한 의인화를 주장한다고 오해해서는 안 된다("나는 산에 지각 능력이 있다고 믿지 않는다"). 그가 제시하는 것은 오히려 (놀랍게도) 엄격한 휴머니즘이며, 이는 주로 읽기보다 걷기에서 비롯된 현상학의 결과물이다.

셰퍼드가 보기에 몸이 가장 잘 생각할 수 있는 것은 마음이 정지하고 몸에서 '연결 해제'될 때다. 셰퍼드는 산에서 "생각에 사로잡히지 않는" 순간을 유려하게 기록한다. "그런 순간은 무엇보다도 야외에서 잠을 깨어 흐르는 물을 멍하니 바라보며 그 노랫소리를 들을 때 찾아온다." 하지만 마음을 몸에서 분리하는 최선의 방법은 걷는 것이다. "뇌뿐만이 아니라 존재의 '고요한 중심'이 움직임을 인식할 때까지 긴 호흡으로 몇 시간씩 꾸준히 (…) 걷다 보면 육체가 투명해지는 것처럼 느껴진다." 이 책의 마지막 단락은 이렇게 끝난다. "한 시간 동안 나는 욕망을 초월한다. 인간을 신처럼 만드는 것은 자아로부터 벗어나는 황홀경이 아니다. 나는 나 자신의 외부가 아니라 내부에 있다. 존재를 안다는 것은 산이 내려주는 최후의 은총이다." 셰퍼드는 데카르트의 유명한 명제를 자기 나름대로 변형한다. 나는 걷는다, 그러므로 존재한다. 보행자의 리듬, '나는 존재한다'의 운율, 발이 땅을 내딛었다가 떨어지는 박자.

나는 『살아 있는 산』을 다시 읽을 때마다 더 많은 것을 얻는다. 아마도 지금까지 열두 번은 읽었을 것이다. 셰퍼드가 거듭하여 산으로 갔듯이 나 역시 몇 번이고 거듭 책을 펼친다. 이 책의 모든 의미를 밝혀내고 싶어서가 아니라 또다시 새로운 수확물을 찾아내는 놀라움을 위해서다. 그러다 보면 새로운 시각이 나타나거나, 적어도 다른 시각에서 다시 바라볼 방법을 발견하게 된다. 이 책은 지침서지만 결코 영적이나 종교적인 체계 또는 프로그램을 따르진 않는다. 선언문도, 메시지도, 깔끔하게 요약되는 교훈도 없다. 산이 그렇듯 책도 마찬가지다. 양쪽 모두 예상치 못한 방향과 지점에서 넌지시, 그리고 아마도 무한히 깨달음을 준다. 깨달음이 늘수록 책은 더욱 깊어진다. 셰퍼드는 케언곰 산맥에 관해 이렇게 썼다. "나에게 케언곰은 아무리 자주 거닐어도 항상 경이로운 장소다. 이 산맥에 익숙해진다는 것은 불가능하다." 나에게 『살아 있는 산』은 아무리 자주 읽어도 항상 경이로운 책이다. 이 책에 익숙해진다는 것은 불가능하다.

케임브리지 – 케언곰 – 케임브리지, 2011년

살아 있는 산
경이의 존재를 감각하는 끝없는 여정

초판 1쇄 인쇄 2024년 8월 26일
초판 1쇄 발행 2024년 9월 11일

지은이 낸 셰퍼드
해설 로버트 맥팔레인
옮긴이 신소희
펴낸이 최순영

출판1 본부장 한수미
컬처 팀장 박혜미
편집 박혜미
디자인 김태수

펴낸곳 ㈜위즈덤하우스   **출판등록** 2000년 5월 23일 제13-1071호
주소 서울특별시 마포구 양화로 19 합정오피스빌딩 17층
전화 02) 2179-5600   **홈페이지** www.wisdomhouse.co.kr

ⓒ 낸 셰퍼드, 2024

ISBN 979-11-7171-271-7 03840